JN102360
「あ、あ、んうぅ……んっ」
たまらずに少しずつ下肢を揺らす。（本文より抜粋）

DARIA BUNKO

聖淫愛華

西野 花

ILLUSTRATION 石田惠美

ILLUSTRATION
石田惠美

CONTENTS

この作品はフィクションです。
実在の人物・団体・事件などに一切関係ありません。

聖淫愛華

「急に呼び立ててすまなかったな」

「いいえ、何なりとお申し付けください」

そのように答えながらも、ユエルの内心には憂鬱(ゆううつ)が広がっていた。

「ユエル・フィーズ・イシュタニアよ」

アルテュール王国国王であるキュシュアは大仰(おおぎょう)な口調でユエルに呼びかけた。呼び出された王の執務室で、ユエルは両手を後ろに組んで立っている。聖騎士の装いである白を基調とした鎧(よろい)姿。白いマントには青い縁取りがされていた。黒い髪に青い瞳という姿は禁欲的で、その装束はひどく似合っている。

「そなたにひとつ調査を頼みたいのだ」

「調査……でございますか」

ユエルは形の良い眉を微(かす)かに顰(ひそ)めた。そうすると、もともと作り物のように整っているユエルの顔に憂(うれ)いが広がる。それがどこか危うい印象をもたらすことを当のユエルは知らなかった。

「そなたも聞いているだろう。リュカのことを」

リュカはアルテュール王国の第四王子だ。末っ子であるからなのか、リュカは少々王族としていた。


ての責任感が足らないところがある。国王がこの息子に対して、やや手を焼いているのは知っていた。

「……話には伺っております」

リュカは半月前に王宮から出奔している。国王も手を尽くして捜してはいるものの、未だ見つからないというのが現状らしい。

「リュカ様の行方は未だわからないと？」

「いや、ある場所にいるというのはわかった」

「それはどちらなのでしょう」

「アスモデウスだ」

「――――アスモデウス」

ユエルは思わず繰り返して言った。

「そうだ。そなたにはそこに潜入し、リュカを連れ戻してきてもらいたい。内密にだ」

歓楽街アスモデウス。それはこの王国の城下にひっそりと存在する性の街だ。

もともとこの国は歓楽街を規制しようとはせず、一定の秩序を与えて管理する方向に舵を切った。そのほうが民にとっても息抜きになり、またアスモデウスからの税金は国庫の一画を成している。しかし当然風紀が乱れると反対する貴族達もいた。だが歓楽街を認めることを強引に押し切った王としては、この不祥事とも言える事態をひた隠しにしたいのだろう。

「恐れながら、私にそのようなお役目は不向きと思います」

ユエルは王国聖騎士だった。

聖騎士は貴族とその血縁によって構成されている。国を護る重要な機関だった。ユエルの家は公爵の地位にあり、王族とも血縁関係にある。そんな家に生まれ、ユエルは子供の頃から清く正しくあれと厳しく育てられた。神と王国の下、誠心誠意仕えるのが役目だと。

そんな自分が歓楽街に？　そもそも、調査任務は聖騎士の仕事ではない。故にそんな訓練も受けていない。どう考えても無理筋に思えた。

「私はそのようなところに足を踏み入れたことすらございません。どうやってリュカ様をお捜ししたらいいものか」

「ユエル。そなたは家族も同然だ。聖騎士として武芸にも秀でている。そなたしか頼める者がおらんのだ」

「……」

キュシュア国王の言いたいことはわかる。なるべく身内で片付けたいということだろう。

「それに、ひとつ心配事があってな」

「心配事？」

「歓楽街で怪しい薬が出回っているらしい。媚薬の類いだ」

「媚薬……」

「『女神の蜜華（みつばな）』という名だ」

何やら仰々（ぎょうぎょう）しい名だ。

「神聖な女神も蜜を滴（したた）らせるという触れ込みで出回っているらしい」

その名前の意味する内容に、ユエルは嫌悪に思わず顔を顰（しか）めた。あまりに下劣すぎる。

「そなたは相変わらず潔癖（けっぺき）だな」

そんなユエルの様子に国王は困ったように肩を竦（すく）めた。

「そうお思いならばおわかりでしょう。アスモデウスに潜入など、私にはあまりに不向きなことだと」

「だがそなた以外に頼めん。ある程度の剣の腕も必要だ」

ユエルはそっとため息をつく。確かに王子の出奔など外部に知られていい情報ではない。王族の身内とも言える自分がやはり適任なのか。

「承知しました」

ユエルは覚悟を決めて答える。

「必ずやリュカ王子を連れ戻してまいります」

「うむ。引き受けてくれるか。頼んだぞ」

国王はほっとしたような顔で頷（うなず）いた。それとは裏腹にユエルの胸中は不安が渦巻いていたが、一度やると決めた以上は役目を果たさなくてはならない。

ユエルは美しく整った顔を厳しく引き締め、自らの君主に対して頭を垂れるのだった。

ユエルは歓楽街など行ったことがない。それどころか、二十四歳になる今日まで誰とも共寝をしたことがなかった。

ユエルの家、イシュタニア公爵家は名門中の名門である。両親は共に高い教育理念を持ち、ユエルは兄弟共に厳しく躾けられた。ユエルは四人兄弟の三番目にあたり、一番上の兄は王宮で国庫の管理を司る部署に、二番目の兄は外交を担当する部署にいた。そしてユエルは聖騎士、弟は今は外つ国に留学中である。

他の貴族の子弟は、夜会などに出る年頃になると色恋を嗜むようになるのだが、ユエル達は母にそれも禁じられていた。自由恋愛などもってのほか。いずれ正式に婚姻する時に迎える伴侶以外とは関係をもってはならないという。

それでも他の兄弟達は両親の目を盗んでそれなりに遊んでいた。現在両親の目の届かない場所にいる弟は尚のことだろう。ただ、ユエルだけは家の方針に逆らえなかった。

もともと兄弟の真ん中ということもあり、それほど両親の関心も向けられなかったユエルは、せめて従順になることによって彼らに愛されようとした。そうやって思春期を過ぎると、成人してもその生き方を変えることができなくなっていた。

　誰よりも自分を律し、厳しく、そして正しく。王国に仕える聖騎士として隊を預かる身となったユエルは、いつしか『氷雪の騎士』と呼ばれるようになり、冷たく取り澄ました風貌は誰のものにもならないと噂されていた。


「しばらく任務で留守にします」

　屋敷に戻ったユエルは両親にそう報告した。潜入となれば何日間かは帰ってこられない。聖騎士団の任務で遠征する時も、ユエルは必ず報告することを義務づけられていた。

　目の前には厳しい顔をした父と母、そして興味のなさそうな長兄がいる。

「今回はどういった任務なのだ」

「陛下直々の命で極秘ですのでお話しできません」

　そう答えると、父は不満げな顔をしたが、母は得意げな顔をして言った。

「それは大変名誉なことですよ。ついにあなたもそこまで陛下の信頼を得られるようになったのですね」

　この両親に、歓楽街アスモデウスに潜入すると言ったら卒倒しそうだなと思う。

「イシュタニア家の名に恥じぬ働きをしなさい」

「かしこまりました父上、母上」

両親はユエルのことを家名を上げるための駒としか思っていない。以前はユエルもそれが当然だと思っていた。人は誰しも自分を律し、家のため国のために身を捧げるのだと。

今もその気持ちには変わりない。聖騎士という立場に誇りを持っているし、この身が王の役に立つのならば喜んで差し出したいと思う。

だが、いつの頃からか、ユエルは少しだけ息苦しさを覚えるようになっていった。

いったいこれはどういうことだろう。自分の忠誠心に疑いを持ってはいけない。それは罪なことだ。

それを感じるようになったきっかけなら覚えている。それは、目の前で退屈そうにしている長兄が、末の弟よりも年下の召使いの少年を手籠め（てご）にしている場面を見てしまった時だった。

彼は少年を縛り上げ、その尻を淫具で責め立てていた。そして少年の細い喉からは苦痛ではない喜悦（きえつ）の声が漏れている。

細いドアの隙間からその光景を見てしまったユエルは、すぐに顔を背（そむ）けて立ち去ろうとした。

だが、足がその場に縫い付けられたように動かない。視線が兄と少年のまぐわいに釘づけになっている。心臓が早鐘（はやがね）のように鳴り、息が知らぬうちに乱れていた。

（――ああ。あんなことを）

やがて兄が自分のもので少年を犯し出すと、彼は全身を震わせて達したようだった。

あれはどんな感覚なのだろう。

ユエルの体内である感覚が目覚める。それは密(ひそ)かに渦を巻き、知られてはいけない愉悦(ゆえつ)を溜め込んだ。

(いけない。そんなことを考えては)

まるで呪縛から解き放たれたように、ユエルはその場から飛び退(の)くようにして立ち去る。だが鼓動はしつこく跳ね続け、瞼(まぶた)の裏にはいつまでもその淫靡(いんび)な光景が焼き付いていた。

(忘れるんだ)

あれは見てはいけないものだった。だがどんなに記憶から消し去ろうとしても、ふとした時に鮮明に脳裏に浮かび上がってくる。ユエルはその度に自己を嫌悪し、己を責めるのだった。

――だから、近づきたくはなかった。

猥雑(わいざつ)な街。歓楽街アスモデウス。古(いにしえ)の悪魔の名を冠したその街は、まさしく人の欲望の集まった場所なのだろう。

そんな場所に赴(おもむ)かなければならないことに、ユエルは密かにため息をつくのだった。

白を基調とした聖騎士の制服を脱ぎ、ユエルは黒衣（こくい）に改める。目深（まぶか）にフードを被って己の顔を隠すようにすると、アスモデウスの入り口に立った。

街の入り口には大きな門がある。門の上には翼を持った悪魔が人と交わっている彫刻が飾られていた。事前の情報によると、どうやら出入り口はここひとつらしい。

ユエルは小さく息をついた後、口元をきゅっと引き締めて門を潜（くぐ）る。

そこはまるで、別世界だった。

王都エルデンは緻密（ちみつ）な都市計画に基づき区画整理され、街並みは整然としている。外壁の色や看板にも基準が設けられてそこには一定の秩序が感じられた。ユエルはそんな王都を美しいと感じていた。

だが、目の前に広がる光景はそれとは真逆だった。アスモデウス自体はそれほど広くはない。王都の南のほんの一画だ。少なくとも王宮の敷地よりは狭いと聞いている。

その、ほんの一部が、まるで区切られたように異質な街並みを呈していた。街の目抜き通りと、それに沿って平行に伸びる何本かの通り。そこにはひしめき合うようにして様々な色の建物が乱雑に建てられ、道にせり出すようにして色とりどりの看板がかけられていた。秩序もなにもあったものではない。その無数の建物のひとつひとつが淫猥な商売をしているのだろう。通りを行き交う男達に、街娼とおぼしき女達が声をかけていた。

（どうしたものか）

闇雲に動いても成果は得られないだろう。ユエルはとりあえず、情報収集の基本は酒場だというセオリー通りに大きめの酒場を探すことにした。

「ねえお兄さん、遊んでいかない」

飾り窓から声をかけてくる娼婦の声をかいくぐり、ユエルは目についた一軒の酒場に入った。

「らっしゃい」

無愛想な酒場の主人がちらりとユエルを見て言う。カウンターに座ったユエルは葡萄酒を注文した。店には十五人ほどの客がいたが、それらの視線が無遠慮にこちらに向けられる。

「お客さん、この街は初めて？」

「……ああ」

ユエルの白い指がゴブレットを受け取った。

「聞きたいことがあるんだ」

ユエルはカウンターの上に金貨を置く。店の主人はちらりと目をやってそれをポケットにしまった。

「ここは雑多な街でね。いろんなもんが集まってくる。お客さんみたいに何かを探している人も少なくねえよ」

　何から聞くべきか。『女神の蜜華』か。リュカ王子のことか。だがリュカ王子のことは秘密裏に動かなければならない。ユエルはもうひとつの件について聞くことにした。

「『女神の蜜華』というものについて知りたい」

　そう言った時、店主の片眉がぴくりと動く。

「なんだって？」

「『女神の蜜華』だ。媚薬と聞いた」

　その瞬間、ユエルは背中に剣呑（けんのん）な視線を感じた。背後の席から客が何人か立ち上がる気配がする。反射的に剣の柄（つか）に手をかけた。

「なあ、兄ちゃん」

「そんなこと聞いてどうするんだ」

「別に。単なる興味だ」

　背後で店主との会話を聞いていたらしい客の男達がユエルに絡んでくる。振り返らずに答えながらユエルは考えた。

　ここで騒ぎを起こすのはよくないだろうか。少なくとも、斬って捨てるのはまずいような気がする。そもそもユエルは聖騎士で、戦場で戦うのと城の防衛が役目だ。こんな潜入任務でどう振る舞えばいいかなどという訓練は受けていない。

ユエルはため息をつき、柄にかけた手を鞘に移動させた。

「いやいやそんなことねえだろう。何が目的だ」

「あれはな。気持ちよーくなれる薬なんだぜ。なんだい兄ちゃん興味あるのか？　そんなもんに頼らなくとも、俺が気持ちよくしてやろうか」

客の男の手がユエルの肩にかかった。嫌悪感にぞわりと肌が粟立つ。

「離せ」

「ああ？」

「離せと言っている。触るな」

ユエルはむやみに他人に触れられるのが好きではない。ましてや、こんな品のない男達になど。

「そんなに冷たいこと言わなくてもいいじゃねえか。アレを探してるってことは、興味あるんだろ」

男の手がユエルの肩から背中へ降り、腰を撫でようとする。その瞬間、ユエルは振り向きざま鞘に収めたままの剣で男の顎を殴り飛ばした。反射的に身体が動いてしまった。

「ぎゃっ！」

横っ面を強かに殴打された男は奇妙な声を上げて床に吹っ飛んでいく。それを見た他の男達がにわかにいきり立った。

「てんめえ……！」

「優しくしてりゃつけあがりやがって」

ガタガタと椅子から立ち上がった男達がユエルに迫っていく。仕方なく応戦しようとしたユエルだったが、その時、後ろからふいにマントを引かれた。

「――――こっちに来な」

若い男の声だった。その響きにはこちらに危害を加えようという意思は感じられない。思わず振り向こうとすると、ぐい、と腕を掴まれた。

「こっち！」

ユエルは若い男に引っ張られるままに店を出て通りを駆ける。人目を避けてすぐに路地に入り、目の前を先ほどの男達が何か喚きながら走りすぎていった。

「――――とりあえず撒けたんじゃね」

ユエルはそこで初めて彼を見た。おそらくは二十代だと思う。自分より少し年上かもしれないが、童顔に見える。丈の短い上着とやはり腰までの短いマントを羽織っていて、動きやすさを重視しているように見えた。剣を帯びているのがちらりと確認できた。

あちこちに跳ねた金髪と、明るい緑色の瞳にはどこか茶目っ気が感じられた。だがその場慣れしたような雰囲気は、彼が決して明るいだけの青年ではないことを物語っている。

「つかさ、俺びっくりしちゃった。いきなりあんなとこであんなこと聞く奴がいるのかって」

彼は呆れたように肩を竦めた。

「いけなかったのか？」

「『女神の蜜華』はお上に目をつけられてるからな。扱いには慎重になってんだよ」

「そうだったのか」

ユエルは自分が下手を打ったことを自覚した。

「それは知らなかった。面倒をかけたな。礼を言う」

「……あんた、この街初めてだろ。見るからに慣れてなさそうだもんな。ひょっとして、お上の人？」

「違う」

ユエルは嘯く。彼はそんなユエルを疑わしそうに見つめていた。だがすぐに「ま、いいや」と呟き、通りの奥を覗き込む。

「あいつらもういねえみたいだから、行こうぜ」

「……え？」

彼は当然のようにそう言った。ユエルが首を傾げていると、はあ、と大仰にため息をついてみせる。

「あんたみたいなのがふらふらしてると、また騒ぎ起こされそうだからな。とりあえず俺んとこ来いよ。俺の雇い主なら面倒見てくれると思うから」

「それは有り難い」

こんな街でも手助けしようとしてくれる者はいるものだ。ユエルはそう思ったが、後になってから自分のその世間知らずさを死ぬほど恨むことになるのだった。


「俺はチェイス。あんたは？」

「……ルイズ」

ユエルは偽名を名乗る。身分を隠して来ている以上は当然のことだった。任務とはいえ、イシュタニア家のものがアスモデウスに足を踏み入れたとあっては外聞が悪い。少なくとも両親ならばそう言うだろう。

「ふーん」

チェイスは先に立って街の奥に進んでいく。その先には大きな建物があった。それはこの街で見た建物の中で一番大きかった。正面の入り口とおぼしきところから引っ切りなしに人が出入りしている。

「こっち」

チェイスは建物の正面ではなく横に回り、裏口のようなところから入っていった。そこは表とは違い人気(ひとけ)がない。離れたところから聞こえる喧噪(けんそう)と音楽を耳にしながら彼の後をついていった。階段を三階分昇り、ドアをふたつ開ける。

「旦那。ちょっといいか」

チェイスがそう言って開けたドアの中は、どこか殺風景な、それでいて雑多な部屋だった。つまり絵画や花などの装飾品がなく、一方で本棚や物入れが無造作に床に置かれている。

その部屋の奥の大きな机の前に一人の男が座っていた。行儀悪く足を机の上に投げ出し、何やら書類に目を通している。

「あん？」

男が顔を上げる。年の頃は三十代の前半といったところか。少し癖のある茶色の髪を無造作に括(くく)り、短く整えた顎髭(あごひげ)を生やしていた。パリッとした上着を着ていて、身なりと顔立ちは整っているのに、皮肉げな表情がそれを隠している。灰色の瞳が一瞬鋭くユエルを一瞥(いちべつ)した。

「迷子拾って来たぜ。なんか探し物があるんだと」

「迷子だと？」

男が胡乱(うろん)げにユエルを見た。その視線が頭からつま先まで舐めるように這っていくのに、思わず背筋がぞくりとする。

「とりあえず顔を見せてもらおうか」

ユエルは一歩前に出ると、無言でフードを下ろした。

「おお?」

男とチェイスが食い入るようにユエルを見る。

「こいつはまた、上玉連れてきてくれたのか? チェイス」

「やめとけよ。この御仁にそういう冗談は通じねえっぽいぜ」

「冗談でもないんだけどなあ……。うちの娼館の最高ランク狙えると思うぜ?」

どうやらここで働く側だと思われていることに、ユエルは思わず不快感を覚える。それが顔に出ていたのか、目の前の男に笑われてしまった。

「おいおい、なんかえらい毛色の違うのが来たなあ」

「だろ? なんか酒場でいきなり『女神の蜜華』について聞きたいとか言い出すからびびったぜ」

「へえ。そいつはまた」

「――事情があって、その『女神の蜜華』について調べている。あなた方が何か知っていれば、ぜひ教えていただきたいのだが。もちろん相応の礼はする」

「……何でそんなことを?」

ユエルは予め用意していた答えを口にした。

「俺はさる貴族に仕えている者で、主人の無聊を慰めるためにその薬を入手する役目を仰せつかった」

「その貴族の名は？」

「悪いが明かせない」

「ま、そうか」

男はそれで納得したようだった。机に載せた足を下ろし立ち上がる。

「ついてきな」

男は部屋を出た。ユエルはその後をついて行き、チェイスがそれに続く。

「あんた名前は？」

「ルイズだ」

「そうか。俺はイアソンだ。よろしくな」

イアソンと名乗った男はユエル達が来た方向とは反対側の廊下を抜け、扉の先の渡り廊下のような通路を通った。下は吹き抜けになっていて、階下から賑（にぎ）わいが聞こえてくる。

「この建物は『フレイヤの涙』っていってな、娼館、酒場、遊技場がひとつになっている」

「あなた方はここの従業員なのか？」

「まあ、そうだな。ここは俺の館だ。そっちのチェイスは用心棒兼雑用係」

イアソンはこの建物の支配人だと言った。

多くの人間が集まるだろうこの館なら、あるいはリュカ王子の行方もわかるやもしれない。

渡り廊下を抜けて向かいの棟に渡る。そちらはどうやら彼らの住居エリアらしかった。ドアを開けると、今度は幾分か生活感のある空間になる。

「まあ座ってくれ。今飲み物でも出そう」

「構わなくていい」

「『女神の蜜華』についてはこの界隈でもトップシークレット扱いなんだ。ある程度腹を割って話した後じゃないと教えられん」

「……」

ユエルは仕方なく、促されるままにソファに座った。ほどなくしてゴブレットが目の前に置かれる。中は葡萄色の液体で満たされていた。

「そこそこ上等の酒だ。口に合わないことはないと思うが？」

「……酒はあまり嗜まない」

ユエルは小さく息を吐くと、ゴブレットを持ち上げる。イアソンは手にしたそれを目の上に掲げ、乾杯、と告げた。チェイスもそれに倣う。彼らが自分の口にそれを運んだのを見て、ユエルもまた酒を口にした。甘い豊潤な香りが鼻腔に広がる。濃厚な口当たりだが、意外と飲みやすかった。

ユエルが最後の一滴まで飲み干すのをイアソンとチェイスはじっと見ている。

「なかなかいい飲みっぷりだ」

「……っ」

身体がじんわりと熱くなる。口当たりのいい酒ほど酔いが回ると聞いたことがあった。自分は大事な任務で来ているのだから、酔っ払っている場合ではない。しゃんとしなければ。

「『女神の蜜華』はどこで手に入るんだ」

「ここで手に入るぜ」

イアソンは言った。

「何だと？」

「ここには娼館もある。当然の話さ」

「では、それはどこから入ってきた？」

「それを教える前に、俺の質問に答えてもらいたいんだがね。聖騎士様」

「――――」

ユエルは息を呑んだ。その瞬間心臓が凍りつきそうになった。

「な――」

どうしてそれを。言葉を失うユエルに、イアソンはやれやれと肩を竦めて告げる。

「あんたの剣の柄の宝玉（ほうぎょく）。それは聖騎士だけに授与されるものだ」

ユエルは思わず剣の柄に手をやる。だがその時、自分の身体に起きた異変に気づいた。

（手が、痺れて――――力が、入らない……？）

それは手だけではなかった。足にも同様の感覚が生じている。そして身体の中心に何か熱いものが生まれていた。

「酒に、何か入れたな……⁉」

「さすがに気づいたか。それがあんたの知りたがっていたものそのものだよ」

「経口でもけっこう効くもんだなあ」

「逆に口から飲むと手足の自由を奪えるのさ。だからこういう時に使える」

感心したように呟くチェイスに、イアソンがのんびりとした口調で説明した。彼らのまるで緊迫感のない様子にユエルは思わず奥歯を噛みしめる。そしてイアソンがゆっくりと立ち上がった。

「さて聖騎士様。いったいどんな目的でここに来たのか、何故『女神の蜜華』のことを探っているのか、話してもらおうか。どうせさっき名乗った名前も偽名なんだろう？」

「っ……！」

どうにかして逃げなければ。ユエルは必死になって身体を起こし、立ち上がろうとする。

「おっ、がんばるじゃん」

椅子に座ったままのチェイスが面白そうに言う。ユエルは剣を抜こうとしたが、手が震えて力が入らない。

「無駄だって。あんたみたいなお堅そうな奴には特に効く。何せ清らかな処女が自分から男の

上に馬乗りになって腰を振るほどだからな」

イアソンの言葉はユエルにとって恐ろしいものばかりだった。そんなものが自分に使われている？　それではこの先どうなってしまうのだろう。媚薬の作用は次第に高まってきて、肌の表面がぴりぴりと敏感になってきていた。呼吸も乱れ、体内の熱もじわじわと広がっている。

「こんな、モノを俺に使ってどうするつもりだっ……！」

「どうするって？」

イアソンはユエルの顎に手をかけて上を向かせた。雄（おす）の色を宿した目に貫かれ、背筋がわななく。

「お綺麗な騎士様。きっと女を抱いたこともないんだろう。俺達がこの街にふさわしい扱いをしてやるよ」

「イアソン、そいつ絶対才能あるぜ」

「知ってるさ。俺を誰だと思ってるんだ」

「ああ、失礼した。イアソン・ウィード。このアスモデウスの顔役だもんな」

顔役。ということは、彼がこの街を取り仕切っているということか。

「チェイス。彼をベッドまでお連れしろ」

「了解」

チェイスは立ち上がるとユエルを軽々と抱え上げた。

「は、離せ！」

「はいはい暴れなーい」

彼は隣の部屋のドアを足で蹴って開ける。そこには大きなベッドがあり、ユエルはその上に放り投げられた。

「ある程度お前が進めていいぞ。破瓜は俺がやろう」

「ちぇ。おいしいとこ持っていきやがる。……まあいっか」

衣服の前が開けられる。肌を露わにされ、本当に犯されるのだという恐怖に襲われた。必死でもがくが、やはり力は入らない。それどころかどんどん脱力感がひどくなっていった。

「嫌、嫌だ、やめろ……っ！」

ユエルは決して弱々しい存在ではない。聖騎士としても誰にもひけをとらず、数々の武功も上げてきた。ユエルよりも腕の立つものなど数人しかいない。

それなのに今、媚薬に力を奪われ、男に組み伏せられている。

――こんな目に遭わされるなんて。

その時、ユエルの全身を貫くように愉悦が走った。チェイスが胸の突起を舌で転がしたからだ。

「あっ、んっ、んんう…っ！」

自分の口から、今まで聞いたことのないような声が漏れる。それは自分の意思ではどうにもならなかった。

「なっ、あっ、なに、を…っ、あ、あううっ」

「乳首、かーわいい。もうこんなに尖ってんのわかる?」

びくん、びくんと身体が跳ねる。

これまでほとんど意識したことのない場所がこんな感覚を生み出すなんて知らなかった。

「あ、やめっ、そこ、そんな…にっ」

「やっぱり俺もちょっとやろうかな」

それまで見ていたイアソンがベッドに上がってくるのを見て、ユエルは瞠目した。

(二人がかりなんてありえない。冗談じゃない)

まだ誰とも行為をしたことのないユエルにとって、複数での交わりなどとんでもないことだった。

「じゃこっち側頼む」

「おう」

「嫌だ、俺に触るな…っ、んあ、ぁあっ!」

チェイスが舐めているのとは反対の乳首を口に含まれる。すると身体の中心がきゅううっ、と狂おしく疼いた。乳首を刺激されると、くすぐったいような、むず痒いような、泣きたくなる感覚が襲いかかってくる。それは耐えることがひどく難しいものだった。

「『女神の蜜華』を摂取したんだ。誰かに抱かれないと治まらないぞ」

　イアソンが言っている間に、チェイスに優しく歯を立てられた。身体がびくびくと痙攣して自然と上体が仰け反る。まるで二つの突起を男達に差し出すように。

「あっ、あー…っ」

「えらい敏感だな」

「ああ、いい感度だ」

　彼らはユエルの身体に好き勝手なことを言っている。悔しい。こんなふうになるのは媚薬のせいなのに。

「媚薬で処女喪失なんて可哀想になあ。せめて俺達で死ぬほど気持ちよくしてやるからな」

「ふ、ふざけるな、あ、ア……っ！」

　イアソンの声に強気な言葉を返すも、その声は甘く掠れていた。

　彼らはユエルの凝った両の乳首を舌先で転がし、押し潰し、あるいは優しく吸い上げてしゃぶる。そんなことをされて、乳首の先から快感が身体中に広がっていくのだ。

「なあ、気持ちいいだろ？　これ」

　チェイスの言葉に必死で首を振る。半端に服を纏った身体はしっとりと汗ばみ、その肌を薄桃色に上気させていた。責められているのは乳首なのに、どういうわけか脚の間にまで快感が落ちていく。下腹の奥がじくじくと疼いた。

「んあ、あっ、な、何か、変…だっ、腰の、奥が……っ」

「イキそう？」

そんなはずはない。乳首しか弄られてないのに。けれどユエルの身体は勝手に絶頂へと向かっていた。

「う、嘘…だ、ああ、あっ！」

びくん、と大きく身体が跳ねた。それと同時に体内で何かが弾ける。甘く痺れるような快感が身体中を駆け巡って息が止まりそうになった。腹の奥がきゅううっと蠢く。

「く、う、んあぁぁあ…ああ……っ！」

喉の奥から自分のものではないような嬌声が上がった。射精の快感が腰を震わせる。他人の手による初めての絶頂。それも乳首という性器以外の場所であった。

「は……っ、は、ア…っ」

大きく息を喘がせていると、ようやっと男達が乳首から口を離す。

「処女だってのに、乳首でイっちまったな」

「……っ」

イアソンに言葉で嬲られ、身体が震える。自分の肉体に何が起こったのかわからなかった。ただ中も外も燃えるような熱さに包まれ、快楽を司る神経が剥き出しになったようだった。

「出しちまったんじゃないのか？　脱がしてやろう。気持ち悪いだろう？」

「っ、やっ、よせっ…！」

「はーい、ケツ上げて」

男達はまだ残ったユエルの下肢の衣服を脱がしてくる。咄嗟に抗おうとしたが、手にほとんど力が入らない。ユエルの下半身が外気に晒されてしまった。

「ぐっしょり濡れてるな。しかしまあ、聖騎士様はこんなところまでお綺麗にできてるんだな」

「っ、み、見る、な…っ」

「けどまだバキバキに勃ってんじゃん。いやらしいったらねえぜ」

彼らによって大きく開かされてしまった脚の間は、媚薬のせいでまだ刺激を欲していた。それに、ここはまだ刺激を与えられていない。けれどそれをつぶさに観察され、言葉に出されるのは死ぬほどの羞恥をユエルにもたらした。

「まだここでイってないものな」

「ひうっ」

イアソンの指先で根元からつううっと撫で上げられ、びくんっ、と腰が跳ねる。

「心配しなくとも死ぬほど気持ちよくしてやるよ」

イアソンの手で肉茎を握られ、根元からゆっくりと扱き上げられた。

「…ああっ、あっ、あっ」

「俺とキスしようぜ、聖騎士様」

「んんうっ…」

チェイスに顎を捕られ、口を吸われる。奥で縮こまる舌を強引に引き出して絡められると頭の中がかき回されるような感覚に陥った。

「ふ、あん、あんんうう……っ」

チェイスに口を貪られながら、イアソンに股間の屹立を扱かれているのだ。下肢から湧き上がる強烈な快感に思考がぼうっと霞む。甘く呻きながら次第にチェイスの舌をぎこちなくも吸い返していた。

「か～わいい」

「あ、んっ、はあっ」

突き出した舌をぴちゃぴちゃと絡ませ合う。興奮と快感で頭がどうにかなりそうだった。イアソンに扱かれている肉茎は彼の手の中でびくびくと震えて悶えている。巧みな指で裏筋を擦られて背筋がぞくぞくとわなないていた。

「ああっ、そこ、あっ」

「気持ちいいだろう」

イアソンの指の腹でくびれのあたりを撫で回される。それまで感じたことのない快感が下肢を甘く痺れさせた。思わず喉を反らせると、チェイスの舌先で耳孔を嬲られて背筋に愉悦が走る。

「あ、あ…っんんっ、あ、あ――……っ！」

腰が浮き上がって、ユエルは達した。先ほど吐精(とせい)したばかりの蜜口(みつくち)からまた白蜜(しろみつ)が噴き上がり引き締まった下腹を濡らす。強烈な絶頂に目の前がくらくらした。

「あっ、あう……」

立て続けの極みにくったりと腕を投げ出す。あまりの事態に感情がついていかない。

「そろそろ名前を聞こうか、聖騎士殿」

「……っ」

イアソンの言葉にユエルは首を横に振った。彼らはユエルの目的を聞き出そうとしているのだ。それを知られるわけにはいかない。

「いじらしいねえ。けど、分(ぶ)が悪いのはそっちだよ。こんな状態の身体で我慢なんかできるわけないって」

チェイスが笑いながら言った。

「黙れっ…、こんな、ことで、誰がっ……！」

すでに二度イかされているが、ユエルは彼らに屈服するつもりはなかった。こんな奴らの卑怯な手には負けないと強く思い直す。

「俺はもう、絶対にお前達のいいようにはされない」

潤んだ瞳がきっ、とイアソンを睨(にら)んだ。

「なるほど。立派な矜持だ。さすがは王国聖騎士といったところか」

イアソンがにこりと笑う。その笑みの穏やかさに嫌な感じを覚える。

「では、こちらも本気で堕としにかかるとしようか」

「がんばって我慢してくれよな？　痛いのじゃなく、気持ちいいのをさ」

「――……っ」

唇を噛むユエルの目の前で、イアソンが青い小瓶をユエルに見せた。

「これが『女神の蜜華』の現物だ。さっきは口から飲んだが、これの本来の使い方は粘膜から直接吸収させるんだ」

小瓶の蓋がきゅぽ、と開けられる。さすがのユエルも何をされるのかわかってしまって、逃げようとベッドから這い出ようとした。だがチェイスの腕が力の入らない身体を易々と捕らえてくる。

「やめろ…っ！　離せ！」

「離すわけねえじゃん」

「俺達のいいようにはされないんだろう？　どこまで抗えるか見せてくれよ」

尻の奥を押し開かれ、瓶の口が後孔に押しつけられた。入り口をこじ開けられて固い異物が差し込まれる。とろりとした感触の液体が中に注ぎ込まれた。

どくん、という感覚。続いて全身が炎に包まれたような感じがした。

「――――っ」

ざわっ、と身体が総毛立つ。下腹の奥がさっきとは比べ物にならないほどにひくひくと蠢いた。

「あ、ううっ、っ、～っ」

「どんな感じがする？　何もされてなくとも感じるだろう」

ユエルは答えることができなかった。さっき蜜を吐き出した肉茎は腹につきそうなほどに反り返り、乳首は膨らんで固く尖る。つい先ほどはもう二度と流されまいと思っていたのに、どう我慢したらいいのかわからなかった。

「俺達はお前に無理に言わせようとはしない。だが、もしも質問に答えてくれたらご褒美をやろう」

「……？」

イアソンの言っていることがわからなかった。けれどすぐに、ユエルはそれを思い知らされることになるのだった。


「あ、あ…んうっ、っ、くうぅぅ…っ」

開かされた両の膝がびくっ、びくっとわななく。汗に濡れた肢体が何度も反り返った。

「名前くらいは教えてくれてもいいんじゃねえの？」

チェイスの声が低く耳に注がれる。彼は両の乳首を優しく指で転がしていた。痛いほどに尖ったそれを細かく弾かれて、ずっと感じさせられている。

「い、言わな…い…っ、ん、んああ…っ」

ユエルは甘い苦悶に喘ぐ。ユエルの脚の間ではイアソンが顔を埋め、そそり立った肉茎を舐め上げていた。そんな淫らなことはされたことがなくて、一舐めされる毎に腰の奥まで快感が走った。

「あっ、あっ、あぁっ…うっ？」

だが、すぐにでも絶頂に達しておかしくないほどの快感なのに、ユエルは一向に極めることができない。

「な、何をしてっ…、んん、んうっ！」

ユエルの肉茎の根元をイアソンの指が押さえつけていた。そのために射精をしたくても叶わない。

「は、離っ…、そこ、離せっ！」

「質問に答えたら離してやるよ。お前の好きなだけイかせてやる」

そしてまた舌先で先端を舐められた。全身が煮崩れるような快感に襲われ、ユエルははしたなく腰を揺らす。

　せめてこれが苦痛を与えられる拷問だったならよかったのに。それならばユエルはいくらでも耐えられた。

　だが、これは。

「あっ、あああぁ、ああ…あっ」

　身体が破裂しそうだった。気持ちがいいのに出口が見えない。凝った熱が延々と体内を駆け巡る感覚。快楽に耐性のないユエルがそれに耐えられるはずもなかった。ましてや女神すら濡れるという媚薬を使われているのに。

「んあ、ああっ、く、ひ…ぃっ」

　イアソンの指が後孔に挿入され、蠢く肉洞を優しく撫で回す。だがそれは徒にユエルを刺激するだけで絶頂に導いてはくれない。

「教えてくれたらここにブチ込んでやる。媚薬で充分に下ごしらえした後の処女喪失だ。きっと死ぬほど気持ちがいいぞ」

「んあ……っ」

　誘惑の言葉がユエルの理性を蕩かせた。今すぐにすべてを話して思う様快楽を貪りたい。だがそれは役目を放り出すことだ。

「がんばるね。けど無駄だよ。こんないやらしい身体してるのに」

凝った乳首は捏(こ)ねられる度(たび)にその弾力でもってチェイスの指を楽しませている。けれど先ほどとは違い、どんなにそこで感じても達することはできない。

「ずっとこのままなのつらいだろ？　ほら名前は？」

つらい。もどかしくて苦しい。さっきのような絶頂を味わいたい。そのためには――――。

「…ユ、エ…ル」

「ユエル？　フルネームは？」

「……ユエル・フィーズ・イシュタニア…っ」

ユエルがとうとう自分の名前を口にした時、彼らが視線を交わした気配がした。

「イシュタニア家か。とんでもない名家が出てきたな」

「どんな家？」

「王家に限りなく近い家だよ。王族と婚姻関係で結ばれている公爵家だ」

「へえ。そんなご立派な家の聖騎士様が、こんなことになってるなんてな」

「やめ…っ、言う、な…っ」

自分の無力さが情けなくてユエルは嘆く。チェイスの言う通りだ。使命も果たせずにこんな辱(はずかし)めを受けている。けれどそんな状況を思うと身体の芯が熱くなるのを感じた。まさか、悦(よろこ)んでいるというのか。俺がこんなことを。

「それで？　何を命じられてこの街に来た？　『女神の蜜華』の件だけじゃないんだろう？」

リュカ王子のことだけは言うわけにはいかない。沸騰した意識の隅でぼんやりと考える。

「へえ。けっこう強情だなあ」

「時間の問題だろ。ほら」

後ろに潜り込んでいるイアソンの指が肉洞のある場所を押し潰した。

「んあ、あっ、あぁぁあっ」

腹の奥に重い快感が突き上げてくる。そこは他の場所よりも敏感になっているらしく、イアソンの指の腹で刺激される度に下肢がびくびくとわななく。

「あ、ふ…あ、ああっ！　や、い、イかせ…っ！」

「駄目駄目。言いたくないなら我慢しないと」

そんな、とユエルは端麗な顔を歪めた。無理やり押し留められた身体は汗に濡れ、細かく震えている。思考はすでにぐちゃぐちゃだった。

「あ、嫌だ、許し…て、くれっ、もう…っ！」

「許して欲しいならどうしたらいいのかわかるだろう？」

悪魔の囁きが頭蓋に響く。ユエルは必死で首を振りながら耐えていた。濡れた唇が震えながら、喘ぎ以外の言葉を口にしようとする。

駄目だ。駄目だ。話したら……っ。

けれど肉体の熱はどんどんと増していく。耐えようにもその気力がもうなし崩しになろうとしていた。ユエルの身体は、完全に意思を裏切る。

「おれ、の、任務は……っ」

快楽に屈服したユエルは、彼らに聞かれるままに情報を話してしまったのだった。

「……なるほどね。だいたいはわかった」

屈辱と敗北感に打ちのめされたユエルを彼らは見下ろしていた。

「王子の出奔。そりゃあ極秘で捜させるわけだ。けどついでに『女神の蜜華』の件もだなんて、ちょっと欲張りすぎじゃねえ？」

「せめて極秘捜査に長けた人材を派遣すべきだったな」

悔しいが、彼らの言うことは正しかった。この任務に向いていないということは、誰よりも自分がわかっている。

「もう、殺せ……っ」

情報をしゃべってしまった以上、すみやかに自身の始末をつける他はない。それが聖騎士としてのせめてもの矜持だった。

「冗談だろう？　もったいない」

　だがイアソンはそんなユエルの言葉を笑い飛ばす。

「こんな素質に溢れた人間を始末するなんてもってのほかだ。お前は俺達がみっちりと仕込んで花開かせてやる」

「じゃあ、ちゃんと言えたからご褒美やる？」

　チェイスがたちの悪い笑みを漏らす。今更のように身体がぎくりと強張った。

「そうだな。まずは手始めにイかせてやろう。お待ちかねだったろう？」

「っ、あっ、やめっ――――！」

　再び嬲られる予感に思わず身を捩る。あれだけ待ち焦がれていた絶頂だったのに、今はそれが怖かった。そこを越えてしまうと自分の中の何かが変わってしまいそうだった。それなのに、どこかで期待している自分もいる。

　イアソンがユエルの肉茎の根元を解放した。じわっ、とした熱さがそこから込み上げてくる。

「そら、もうイけるぞ。嬉しいだろう？」

「ん、ん――あ、あっあっ、あっ――――！」

　自身の愛液で濡れた肉茎をぬるぬると擦られ、身体中がぞくぞくとわなないた。尖った乳首の先端はチェイスがかりかりと引っ掻くように刺激してくる。

（イく。もうイく）

　ユエルはこれまで限りなく自身を律し、欲望を抑えてきた。

吐き出すための自慰すら最低限で済ませていたのに、今はもうイくことしか考えられなかった。焦らされ、押し留められていた身体は凄い勢いで頂点へと駆け上がっていく。

「んあっ、あっ、ああぁあ——……っ！」

あられもない声を上げ、全身を仰け反らせてユエルは達した。イアソンの手の中で白蜜が勢いよく噴き上がる。あまりに強烈な絶頂に意識が飛びそうになった。

「あっ、あ……っ、あっ」

ひとしきり吐精したユエルのものは、イアソンの手の中でまだ小さく白蜜を溢れさせている。

「よく出るな。いつも相当溜めてるんじゃないのか？」

「ちゃんと出さないと身体に悪いぜ？」

俺達がたっぷり出させてやるからな、と囁かれて羞恥に身を捩った。

「も、もうっ、もう、やめて、くれ……っ」

「おいおい、音を上げるのは早いぜ。まだこっちが残ってるからな」

先ほどまで指で嬲られていた場所にイアソンの男根が押し当てられる。指とは比べ物にならない質量と熱にユエルは息を呑んだ。

「ああっ、嫌だ、挿れるなっ……！」

犯されてしまう。男に征服されてしまう。ユエルは力の入らない腕を上げ、イアソンの身体を突っぱねようとした。だがその腕はチェイスに捕らえられ、シーツに押しつけられてしまう。

「気持ちよくしてもらいな」

「っ、うぁ、ア、ああ…っ」

後孔の肉環が男根の先端でこじ開けられた。その瞬間に身体中に快楽の波が走る。

そんな。こんなに大きなものが痛くないなんて。

「んう…っ、あっ、くうぅうっ…！」

こんなこと初めてなのに。

媚薬で蕩けた肉洞の中に、ずぶずぶと音を立てながらイアソンが這入って来る。その度に腰が震え、勝手に声が漏れた。

「奥まで這入っちまうな」

「っ、うっ、くうう……っ」

ユエルの目尻に涙が浮かんだ。屈辱と快楽でどうしたらいいのかわからない。そんなユエルの涙をチェイスが舌先で舐めとった。

「処女喪失して泣いてんのか？　可愛いな」

「自分でもどうしたらいいのかわからないんだろう。だが、まず間違いなく新しい自分を見つけたはずだ。そうだろう？」

「……っ！」

何か核心を抉られたような感じがして、ユエルはイアソンをきっ、と睨みつける。彼はそんなユエルの視線を受け止め、にやりと笑った。そしてグン、と腰を突く。

「んあうう…っ」

自分でも信じられないほど甘い声が漏れた。イアソンはじっくりと、ユエルにわからせるように腰を使う。深く浅く、ユエルの感じるところを探るように。

「あ、あっ、ああっ、あう、う…っ」

体内でイアソンの男根が動く度に、下腹の奥が甘く痺れてくる。

「こ、こんな、こんな…っ」

こんな快感があるなんて。

これを覚えさせられたら、自分が変わってしまいそうだと思った。これまで自分が否定してきた、軽蔑すらしてきた欲望に搦め捕られてしまう。そしてチェイスがユエルの乳首に舌を這わせ、反対側から回した手でもう片方を指先で刺激した。

「ああんっ、〜〜っ」

感じる場所を一度に責められ、びくびくと身体がわななく。大きく広げられた両脚は少しも力が入らなかった。それどころか、快楽を与えられる度にどんどん外側に開いていく。

「はあっ、あううう…っ！」

堪えきれず、ユエルはまた達した。極めている最中にも男達の愛撫と抽送は止まず、嬌声が漏れてしまう。達しても身体はまだまだ快感を求めていた。

「あーっ、あ…っ、い、イってるっ…、から、もうっ」

「イってる時に奥突かれると、たまらないだろ？」

「ああっ、ひ、い…っ」

どちゅどちゅと最奥にぶち当てられると頭の中が真っ白に染められる。乳首も淫らに刺激されて、腰の奥がきゅうきゅうと収縮した。

「お前、いいな。最高だ、ユエル」

名前を呼ばれて全身にぶわっ、と愉悦が走る。その瞬間に体内のイアソンをきつく食い締めた。

「ぐ…っ」

イアソンの喉から短い呻きが漏れる。その瞬間に内奥に熱い迸りが注がれ、ユエルはひっ、と喉を鳴らした。

「あ、あ、中に…ぃっ、ふあ、ああはぁああっ…っ！」

一際大きな絶頂の波に襲われて、ユエルはまた達する。内奥に出された時、もう戻れない、と思った。聖騎士としての資格を失ってしまった。

けれどそれと同時に、途方もない悦楽と興奮をも感じている。これはいったい何なのだろうか。

「……よかったぞ。初めてなのに上出来だ。よくできた」

イアソンは自身を引き抜きながらユエルを褒めた。

「旦那がそこまで言うのってめずらしくないか？」

「お前も抱けばわかるさ」

チェイスはへえ、と答え、くったりと身を投げ出すユエルをひっくり返す。

「あっ」

自身の身体を支えられず、ユエルは腰だけを高く上げる格好にされた。こんな体勢は屈辱的でしかない。それなのに、後ろからチェイスに双丘を押し開かれ、最奥を露わにされると、どうしようもなく後孔が蠢いてしまう。

（こんなのは俺じゃないはずなのに）

身体が悦んでいるのは媚薬のせいだ。本当の自分はこんないやらしい奴じゃない。

「すっげえ眺め。挿れられた後のケツって、めちゃくちゃ卑猥だよな」

ユエルのそこはたっぷりと男の精を注がれ、収縮する毎に白濁を滴らせていた。まるでチェイスを誘惑するようにひくひくと痙攣している。

「あ、あ…っ」

もっと欲しい、とユエルの肉洞は訴えていた。それに応えるように肉環にチェイスの先端が押しつけられ、ずぷりと挿入される。

「んんああ……っ！」

最初の時よりもずいぶんと甘い声だった。固さも、反った角度も微妙に違う。それでもユエルは呑み込んだ男根を嬉しそうに締めつけ、奥へ奥へと誘っていく。

「おいおい、ヤバいな、これ……」

「だろう？」

感嘆の言葉を漏らすチェイスに、イアソンは同意してみせた。

「俺も長年こういう商売をしているが、なかなかこんなのはいない」

「ああ、違いねえよ…っ！」

チェイスは大きく腰を動かす。彼の先端が弱い場所を抉り、ユエルは身体が浮き上がるような快楽を味わわされた。

「ああうんっ…！　んん、ア、あ…っ！」

その刺激に脚の間のものもたちまち反り返り、先端から愛液を零す。どうして後ろを犯されているのに股間のものまで感じるのかわからなかった。まるでそこいらの感覚がひとつに繋がっているようだった。

「すげえな。吸いつくみてえだ」

チェイスに絡みつく内壁を振り切るようにして、彼は律動を刻んでくる。その度にぬちぬちと卑猥な音がして耳を塞ぎたいくらいだった。

「ああー…っ、よせ、そんなにっ……」

イアソンによって教えられた感じる場所をチェイスが的確に責めてくる。それに耐えられなくて、ユエルは身体をずり上げるようにして彼の下から這い出そうとした。

「逃げるな」

「んあっ！　…っあああぁあぁ……っ！」

だがすぐに腰を引き戻され、逃げた罰だと言わんばかりにぐりぐりと奥を抉られる。その強烈な快感に一瞬目が眩んだ。

「あっ、あっ！」

(下半身、熔ける……っ！)

ユエルの悦びを知ったばかりの肉洞は、容赦のない快楽責めを受けてひっきりなしに痙攣していた。そんなユエルの股間のものにイアソンの指が伸びる。

「ん、ひうっ！」

「前も可愛がってやろう」

巧みな指が肉茎を擦り上げる。前と後ろを同時に責められ、ユエルは喉を反らして喘いだ。

「んあっあっ、はっ、あんんう…っ」

大きすぎる快感をどう受け止めていいのかわからなかった。気持ちがよすぎて、腰が知らず動いてしまう。

「ユエル」

「んんっ」

顎を掴まれ、イアソンに口を吸われる。絡みついてきた舌を夢中で吸い返した。頭の芯がぼうっと霞む。

「は…あっ、はあっ……！」

「気持ちいいか？」

後ろを犯すチェイスの言葉が、理性の熔け崩れた頭の中に染み渡っていった。

「正直に言ったらまたご褒美をやる」

（ああ、また）

先ほど与えられた強烈な快楽が忘れられなかった。あの、正体がなくなるような恍惚と愉悦はとても抗えるものではない。ためらっていると、また煽るように肉茎を根元から扱かれ、浅い場所を小刻みに突かれる。

「あっ、あ、気持ち、いい……っ」

死んでも言えないと思っていた言葉だったのに、いざ口に出してしまうと妙な解放感があった。言葉にした瞬間に、身体の熱さが一段階上がったような気がした。

「――いい子だ」

入り口近くから一気に奥まで挿れられ、当たった場所をぐりぐりと刺激される。身体が総毛立ち、指の先まで甘い毒のような痺れが広がった。下腹の奥からじゅわっ、と快感が込み上げる。

「あっあっあぁぁあ」

　ユエルは口の端から唾液を零して喘いだ。イアソンの指も、まるで乳でも搾（しぼ）るかのような指使いで扱いてくる。大きく背中を反らし、ユエルは達した。白蜜がびゅくびゅくと音を立てそうにイアソンの指を濡らす。そしてユエルが極めてもお構いなしに責めは続くのだ。

「んあっ、あー…っ、あっ！」

　全身がぶるぶると震える。耐えがたい快感に力の入らない指でシーツをわし掴みにした。

「ここが好きか？　じゃあ、うんと突いてやらねえとな」

「〜〜〜っ、あ——…っ」

　身体が燃えるような快感に翻弄される。止まらなくなった極みに身悶えしながら体内のチェイスの形を味わった。

「やべっ、持ってかれる…っ、クソっ！」

　チェイスは悪態をついた後、ユエルの中にしとどに精を放つ。

「あっあ！　————〜っ！」

　中に出される途方もない気持ちよさにユエルは思い切り達した。絶頂は長くユエルを苛（さいな）み、ようやく快楽の波が少し引いた時には、力を失ってシーツの上に頽（くずお）れてしまう。

「ふー…、どうよ、感想は？」

チェイスの言葉にも答えることができない。呼吸の乱れと脱力感に耐えるのが精一杯だった。ようやっと終わった陵辱（りょうじょく）に身を震わせることしかできない。

「答えられなくとも構わないさ。まだじっくりとわからせてやる」

「な…、えっ？」

再び身体を返されて仰向けにされ、ユエルは瞠目して男達を見た。

「まだ溜まってるだろう？　お前の身体はひどい欲求不満状態みたいだ。今までよっぽど我慢してきたんだな」

「……我慢…？」

いったい何をだ。

「こういう、いやらしいことだよ」

「んあっ」

イアソンの指でわき腹を撫でられ、ユエルは小さく声を上げる。

「我慢は身体に悪いってさっきも言ったろ？　まだまだ気持ちよくしてやるからな。お前もまだイキたりないって顔してる」

「そんな顔はしていない！」

「嘘つけ」

「ああっ！」

きゅうっ、とチェイスに乳首を摘まれた。胸の先から生まれた鋭い快感が全身に広がる。

「これまでお綺麗に生きてきた聖騎士様。けど、お前は本当はこういうことがすごく好きなんだよ。なのに自分で自分を無理に律して今まで生きてきた」

イアソンの手が優しく膝頭を撫でた。

「自分でも知らなかったろう？　けれど、何らかの違和感は覚えていたはずだ」

「……そんな、わけ……」

ユエルは否定する。けれどその声は力なかった。これまで聖騎士として、公爵家の人間として生きてきて、どこか鬱屈したものを時々感じていた。その正体がこういうことだというのか。

「心配しなくていい」

そんなユエルに、イアソンは優しく笑いかける。

「俺達がそんなものぶち壊してやる」

その言葉に、背中がぞくりとわなないた。逃げることも抵抗することも叶わないまま、ユエルは男達に再びシーツの中に沈められ、淫らな愛撫と凶悪な男根によって夜が白むまで屈服させられるのだった。

次に目を覚ましたのは何時間後だったのか。この街は時間の感覚がよくわからなかった。建物の中はぴったりと窓が閉ざされて陽の光も入ってこない。ただ、外の喧噪が静まり返っていることから、昼間なのかもしれないと判断した。

「……くっ……」

ユエルはベッドの上で裸で寝ていた身体を起こした。部屋の中には誰もいない。まだ頭の芯が鈍い重さを抱えている。サイドテーブルの上に水差しを見つけ、コップに水を注いだ。一気に飲み干すと少し意識がクリアになったような気がする。それと同時に数時間前の自分の痴態(ちたい)を思い出し、ユエルはベッドの上で頭を抱えた。

——何たる失態。

薬を盛られ、身体をいいようにされて機密をすべて吐いてしまった。これでは王に顔向けができない。聖騎士としても名折れだと思った。

逃げなければ。

幸い、あの男達は今はどこかに行っているらしい。その隙に逃げ出すべく、ユエルはベッドを降りた。

「！」

だがその瞬間にバランスを崩し、床の上にへたり込んでしまう。両脚が萎(な)えて力が入らなかった。いや、これは、腰が抜けているのだ。

「――――」

　ユエルの顔にカアッと朱がのぼる。

　最後のほうはよく覚えていないが、あれからユエルはさんざん男達に犯された。弄ばれたと言ってもいい。男達は巧みな愛撫でユエルを乱れさせ、その男根で何度も貫いた。そしてユエルは正気を失うほどに我を忘れ、何度も何度も達した。卑猥な言葉も口走っていた。彼らに虐められる毎に身体は悦んでいた。お前はこういうことが好きなのだと言われた。

（そんなことはない。断じて）

　あれは媚薬でおかしくなっていたからだ。王の耳に入るほどに強力な媚薬であれば、ユエルが変になっても仕方がない。

　そう自分に言い聞かせると、ユエルは苦労して立ち上がった。逃げ出すにしても裸ではまずい。装備も彼らに取り上げられたままだ。

　とにかく、服を探さねば。そう思って手近なチェストを開けた時だった。部屋のドアが開いて男達が入ってくる。

「お、起きてた」

「気分はどうだ？　どこか痛いところはないか？」

　イアソンは手にトレイを持っていた。その上にはシチューが盛られた皿と、果物とパンが載っている。

ユエルは警戒を全身で表し、薄い毛布を纏ったまま壁にそって後ずさった。

「そんなに警戒しなくていいさ」

イアソンはトレイをテーブルの上に置いた。いい匂いが鼻腔を刺激する。ユエルは自分が空腹であったことに気がついた。

「腹が減ったろう？　メシを持って来てやった」

「……」

ユエルは無言で彼らを睨みつける。

「安心しな。これには何も変なものは入ってねえよ」

「……信用できない」

「まあ、そりゃそうか。けど喰わなけりゃ衰弱していくだけだぞ」

ユエルは無言でトレイの上の食事を見つめる。しばしの間の後、スプーンを手にして料理を口にし始めた。逃げるにしても身体が動かなければ話にならない。ましてや昨夜はさんざん体力を消耗させられたのだ。そして今再び薬を盛る必要性は薄いと思った。

「懸命な判断だな」

「そのシチュー、美味（うま）いだろ。ミネアの店の人気メニューなんだぜ」

どうやらこの街にある食堂の料理らしかった。

「貴族の聖騎士様には口に合わないかもしれないがな」

「……そんなことはない。野営をする時はもっと質素なものも口にしていた」

あたたかいシチューは確かに美味かった。あらかた食事を終えると、ユエルはトレイをテーブルに戻して彼らに言う。

「俺をどうするつもりだ」

「さて、どうするかねえ」

イアソンが暢気な口調で答えた。ユエルは苛立ちを抑えながら続ける。

「俺は陛下の命令で動いている。こんなことをしてどうなるのかわかっているのか」

「どうなるかって、そいつは王様が知らなきゃどうもならないんじゃねえの」

チェイスが笑いを含んだような声で言った。

「お前は自分がされたことを王様に言える？　男二人に媚薬を使われてヤられましたってさ」

「っ……」

揶揄され、ユエルは唇を噛む。その後にイアソンが続けた。

「つまり陛下は身内の恥を抱えている。それをおおっぴらにして俺達を断罪することはできないだろうよ。ここにはここのルールってものがある。陛下といえども従ってもらわねばな」

このアスモデウスは、一種の特区のようなものだ。そしてその管理をイアソンは国から任されている。

「つまり、お前を生かすも殺すも俺次第というわけだ」

イアソンは宣告した。

「決めた。お前は俺達が調教して、このアスモデウスの華にしてやろう」

「……何？」

ユエルはイアソンの言葉が一瞬理解できなかった。

「どういうことだ」

「言葉通りさ」

イアソンは平然と告げる。

「俺の仕事はこの街の治安維持と運営。そして客を楽しませることだ。そこへお前のようなとんでもない上玉が飛び込んできた。これは磨き上げる他はない。そうだろう？」

「俺のどこが……！」

「へえ、そんなこと言っちゃう？」

チェイスがからかうように言葉を挟む。

「俺も旦那に雇われていろいろ見てきたけど、お前みたいな奴が一番男を興奮させるの、わかる？」

「――――」

ユエルはまるで理解できずに首を振る。自分がそんな存在だなんて、これまで考えてもみなかった。むしろそういったこととは無縁で生きてきたのに。

「馬鹿な。俺はそんなことはしていない。誰かとまぐわったことすらなかった」

「もしかして、わかりやすい娼婦みたいなのが興奮させると思ってんのか？」

「……違うのか」

「違わねえよ。まあそういうのが好きな奴も大勢いるけどな。けれどお前みたいなのにハマったら、もしかしたら男は身代（しんだい）食い潰すかもだ」

チェイスの言うような素質が自分にあるとは到底思えない。いや、思いたくなかった。けれど昨夜のことが脳裏に浮かび上がる。

「本当はもうわかっているんだろう？　ユエル」

イアソンに名を呼ばれ、ユエルはびくりと身体を震わせた。この男に名を呼ばれるとどうしてこんなふうになるのだろう。

「お前はああいうことが好きなんだ」

「好きじゃない！　あんな――！」

あんなの、わけがわからなくなる。自分が自分でなくなってしまう。そんな行為が好きなはずがない。

けれどその言葉はユエルの中に深く潜り込んでいった。

（あの陵辱の中、俺は確かに）

ユエルは確かに悦びを感じていた。媚薬を使われた身体だけでなく、その心までも。

「まあ、時間はたっぷりある。自分を見つめ直してみな。――奥に水回りがあるからそこで身体を洗える」

「また来るぜ」

「待て！　俺の剣を――！」

部屋を出て行こうとする彼らを呼び止めようとするも、とっさにうまく立つことができない。もたついている間に二人は部屋を出て行ってしまった。バタン、とドアの閉まる音がして、足音が遠ざかっていく。ユエルはそれを呆然(ぼうぜん)としながら聞いていた。

（――そんな）

ようやっと働き始めた頭で自分の置かれた状況を整理しようと試みる。ユエルはまず窓がないかを調べた。反対側の壁にそれはあったが、外から鉄格子のような柵が嵌(は)められている。外を覗くと、目抜き通りが見えた。使用人らしき男が店の前を箒(ほうき)ではいているのが見える。

あの男に声をかけて、ここから出してもらえないだろうか。

ユエルは窓を開けようとしたが、そこは固く閉ざされていて開かなかった。思わず舌打ちをして、次の手を考えようとする。

その時、尻の奥のほうから何かがぬるりと溢れてきた。

「っ！」

――彼らが中に出したものだ。

昨夜ユエルの中にさんざん吐き出されたもの。それが出て来ようとしてくる感触はひどく生々しく、思わず身震いした。

（……奥に水回りがあると言っていた）

ユエルは未だふらつきながら部屋の奥にあるドアを開ける。そこには洗面所と並んで風呂桶(ふろおけ)があった。大きな把手(とって)を下げると湯が出てくる。

（こんな設備があるのか）

石窯(いしがま)の廃熱を利用して湯を沸かす技術は、王宮や貴族の屋敷、そして大きな施設などに使われており、まだ一般市民にまでは出回っていないと思っていた。ここはかなり大きな建物だと思うが、こういった場所にこんな技術が使われていることに驚きを隠せない。だがここがどういう場所かを考えると、身体を洗いたいという者は多いだろう。その要望に合わせて設備を整えられるだけの資金があるのだ。そしてここから払われる税金が国庫にも入っている。その事実にユエルは唇を噛んだ。

だが、あらゆる体液で汚れた身体には、湯を使えるのは有り難い。風呂桶に半分ほど溜まった湯の中に身を沈めると、生き返るような心地よさに包まれた。思わずため息が零れる。

一通り身体を洗うと、今度は立ち上がって中のものをかき出そうとする。恐る恐る後ろに触れると、そこは熱を持っていた。媚薬のせいで痛みは感じなかったが、経験のない場所をあれだけ犯されたのだから当然と言えば当然だった。

「ん……っ」

指が触れると、そこがくちゅり、と音を立てる。思い切って指を二本挿れると、驚くほどすんなりと入っていった。それと同時に、中がずくり、と疼き出す。

「う…っ」

ユエルはその感覚になるべく気を取られないようにして肉洞の中の精をかき出した。彼らはおびただしい量を吐き出していて、それらがとろとろと溢れて内股を伝っていく。その感触もまたひどく淫らで、思わず熱い息が漏れた。

「は、あ……っ」

まだ奥に残っている。ユエルは指を届く限りまで入れ、内壁に張りつくそれを外に出そうとした。その時、敏感な部分に指が触れてしまう。

「んあっ、あっ！」

背中が反り返り、甘い声が漏れた。ユエルははっとして内部から指を引き出す。

「なんて、ことを」

たった一夜にして肉体が変わってしまったかのようだった。あんなに乱れたのは媚薬を盛られたせいだと理由をつけることができても、薬の効果が切れてしまっている今は言い訳ができない。昨夜からそんな考えが行ったり来たりしていた。

どうしたらいいのだろう。

湯を使ってせっかくさっぱりした気分になったというのに、ユエルはまた深い混迷の淵に佇んでいた。

毛布にくるまっているといつの間にか眠り込んでしまったようで、外からの喧噪で目を覚ました。起き上がり、窓の外を覗くと、昼間とは比べ物にならないほど人が増えている。この街が目を覚ます時間がやってきたのだ。

「よう。ゆっくり休めたか？」

チェイスが部屋に入って来る。また嬲られるのかと身構えたが、彼は一人だった。

「イアソンの旦那が下に来いとよ」

彼は手にした衣服をユエルに放った。黒いシャツとズボンだ。折り返しのついたブーツだけは、自分のものを返してもらえた。

「ここから出られるのか？」

「行っとくけど、逃げようと思わないほうがいいぜ。この街の掟で、逃亡した奴にはお仕置きが待っている」

「そんなもの――――」

「こないだ逃げた娼婦は捕まって三日三晩休みなしで男達に犯されてたな」

あまりにむごい仕打ちにユエルは眉を顰める。

「なんてひどいことを」

「見せしめだからな。けど身体に傷はつけない。そのかわり『女神の蜜華』の世話になってずっとイキっぱなしになってたから、少し頭のネジが飛んじまったみたいだ」

チェイスはそう言って笑った。その酷薄そうな表情に背に冷たいものが走る。

この街の人間は皆そうなのだろうか。悪魔の名を冠した街だから、ここに住む人間も悪魔のような行いをするのだろうか。

「服着た？　じゃ行こうか」

チェイスは先に立って歩く。営業中の建物には人の姿が多かった。ここで働いているとおぼしき男達が、チェイスとすれ違うと挨拶をしてくる。彼はその度に「おー」と返したり手を上げたりしていた。彼らは今ユエルが着ているのと同じような黒いシャツにズボンを身につけていたので、おそらくこれはこの建物の制服なのだろう。彼らはユエルを見るとちらちらと好奇の視線を向けてきた。

「お前はイアソンに雇われていると言っていたな」

「そうだよ」

「その前は何を？」

そう聞くと、彼はユエルを振り返って笑う。

「内緒」

「……」

彼はいつもふざけた態度だった。イアソンもそうだが、チェイスもまた、いつも何を考えているのか窺い知れないところがある。それもまたこの街の人間特有のものなのだろうか。

階段を降りてドアの前に立つ。その向こうからは一際大きい喧噪が感じられた。

「開けるぞ」

そう言ってチェイスが開けたドアの先は、まるで別世界のようだった。薄暗い室内は意外と広く、その中に余裕を持ってテーブルが置かれていた。特異だったのは部屋の中央が一段高くなっており、舞台のようになっている。そこにほぼ裸の男が三人現れた。一人は柔らかく波打った金髪が美しい青年、あとの二人は屈強な体格で、浅黒く日焼けした肌を持っている。

青年は天井からぶらさがる拘束具で両腕を一纏めにされて縛られ、後ろを向かされた。客に向かって腰を突き出すような格好にされて、その尻たぶを大きな手で叩かれる。ぴしゃっ！という音が派手に響いた。

「ああっ！」

青年は嬌声を上げる。叩かれた尻はうっすらと赤く染まっているのに、彼は苦痛など微塵も感じていないようだった。二度、三度と叩かれ、青年は身を捩って悶える。

「どうした。叩かれて気持ちいいのか？」

「あんっ…、あぁっ…！　いい、いい、ですっ…！」

青年の双丘が左右からもう一人の男の手によって開かれた。そこは遠目からでも濡れてひくついているのがわかる。客席から卑猥な声が飛んだ。

「っ……」

目の前で繰り広げられる光景に、ユエルは固唾を呑んでいた。目を背けたいのに、視線はぴたりと固定されてしまったように動かせない。どきどきと鼓動が跳ね上がってくるのがわかる。

青年の前に椅子が置かれ、男の一人がそこに座った。男は股間から男根を聳え立たせている。その体躯に見合った大きさを誇っていた。そして青年の後孔がその怒張に串刺しにされていく。一際高い声がその場に響いた。

「んあぁあぁ――っ！」

青年の後孔はその巨根を難なく受け入れていく。自ら腰を振り立て、その肉環に長大なものが出入りしている様を見せつけていった。

「あぁっひぃい…っ、いくっ、いくーっ！」

青年は正気を失ったように男の上で腰を振る。やがてぶるぶると身体を震わせると、悲鳴のような声を上げて達した。男のほうも極めたのか青年の尻をグッと掴む。すると繋ぎ目から白濁が溢れてきた。

男が青年の中から男根を引き抜くと、今度は彼を客席のほうへ向かせた。もう一人の男が椅子に座り、彼を抱え上げてその剛直の上に降ろす。

「あっあっ、ああ――っ」

男は青年の両脚を抱え上げて下から激しく突き上げた。じゅぷっ、じゅぷっ、と卑猥な音が響く。青年はあられもない声を上げながら何度も背を仰け反らせた。大きく開かれた股間でそそり立つ肉茎から何度もびゅくびゅくと白蜜を噴き上げる。ずっと達しているのだ。

「いい、ひいっ、ああ、きもちいいっ、奥、いいぃ…っ！」

そのあまりに淫らで濃密な行為をユエルは呆然と見つめていた。舞台の上の青年の快感がこちらまで伝わってくるようだった。身体の芯に火が灯り、じんわりと身体を熱くさせていく。

「っ」

「この館で人気のショーだよ。毎日違う娼妓があやって客の前でヤられる」

ふいに背後からチェイスに話しかけられ、ユエルは驚いて声を上げるところだった。

「な、何故、あんなことを……」

「は？　エロいからに決まってんだろ。客も喜ぶ」

「けれどこんな大勢の前で辱められるなど、彼が気の毒ではないか」

「お前それ、あれ見て本気で言ってんのか？」

チェイスが思わず笑いながら顎で舞台の上を指し示した。今、そこでは手を挙げた客が何枚かの金貨を男に払い、青年の股間に顔を埋めていた。濡れた肉茎をしゃぶられた彼は内股を震わせて喘ぐ。その間にも客達が次々と舞台に上がり、金貨と引き換えに青年の身体に群がっていく。

全身のあらゆる場所を愛撫され、彼は切れ切れの嗚咽のような声を上げて何度も仰け反るのだった。

「どう見ても気持ちよさそうだろうが。心底悦んでんだよ、あれは」

「あっあっいいっ……！　そこ、もっと舐めてっ……、んああっくすぐったいっ……！　あ、あひ、イく、またイくうう……っ！」

卑猥な喘ぎが次々と青年の口から漏れる。ユエルは恥ずかしくて居たたまれなくなった。その場を去ろうとするが、チェイスに腕を掴まれてそれも叶わない。振り解こうとしたのに、彼はびくともしないのに驚く。ユエルとて聖騎士団では剣の腕は上から数えたほうが早いのにだ。昨夜は媚薬で力が入らなかったから抵抗できなかったのだと思っていたが、それは間違いだったのか。

「ちゃんと見てろよ」

「……どういうつもりだ」

「自分があんなことされたらって想像しろ。興奮してくるだろ？」

「……」

ユエルは舞台に視線を戻した。もはやそこは目を覆いたくなるほどに乱れていて、席について見ている客も息を荒らげて見入っていた。自分のものを扱いている者すらいる。

だがそれはユエルとて同じだった。認めたくはないが、さっきから腰の奥が熱くなっている。

やがてイき続けていた青年が動かなくなると、舞台の上の客がはけ、彼は男に抱えられて去って行った。

「よし。今日はもういいぜ。部屋に戻れ」

「え？」

まさか、自分にこれを見せるためだけに？

困惑するユエルの腕を掴んだままチェイスは元来た通路を戻り、ユエルを部屋に戻した。

「んじゃおやすみ」

「おい！　ちょっ……」

目の前でドアが閉められる。施錠する気配がして、ユエルは諦めてベッドのある隣の間に移った。

なんだかどっと疲れたような感じがしてベッドに身を投げ出す。丸まって膝を抱えると、どうしても先ほどの光景が脳裏に浮かんだ。

（あの青年はどうしてあんなことを受け入れているんだ）

自分だったらきっと耐えられない。だってあんなことは屈辱でしかない。だがそう思う一方で、あの青年に同調する自分もどこかにいた。

自分もあんなふうにされてみたい、と。

「────違う！」

ユエルは思わず頭を抱え、声に出して否定した。そうだ。これは否定しなければいけないことだ。そうでなければ、これまで自分は何のために。

『ユエル。先日の試合では優勝できなかったそうだな』

『申し訳ありません、父上』

『お前はイシュタニア家の人間だ。他の貴族の模範とならなければならん。気を緩めている暇などないぞ。わかっているな』

『はい。より一層修練に励みます』

昔の記憶が甦る。兄弟の中でも剣の才能があったため、両親はより厳しい教育をユエルに施した。だがあの頃はまだよかったのだ。それが正しいことだとユエル自身も信じていた。だから耐えられた。問題は、聖騎士団に入ってからだった。

『いったいこれはどういうことだ』

分隊長を任されることになってから、ユエルは団員と衝突することが多くなっていた。ユエルは任務以外の場でも団員に清廉であることを求めた。だがそれは、多くの団員の反発を招くこととなる。ユエルは聖騎士団でたちまち孤立した。

（俺は間違っていない）

聖騎士団は王国の盾。神と王に剣を捧げた。そうであれば、いかなる時でも己を正し、律していなければならない。そう思って、ユエルはこれまで精進してきたのだ。

けれどユエルは知ってしまった。無理やりわからせられたのだ。堕落の甘さを。

（まだ大丈夫だ）

貶められたのは一度きり。あれ以上何をされようと、自分がしっかりしていればまだ戻れる。まだ忘れられる。

本当に忘れられるのか。

そして思考はまた戻るのだ。先ほど目にした、あの狂乱とも言うべき光景に。

二つに引き裂かれそうな思いに捕らわれていたユエルに、もうひとつの聞き覚えのある声がかけられる。

「――――起きてるか？」

顔を上げた時、そこにイアソンがいた。

「……イアソン」

思わず出た声に彼は何かを感じ取ったのか、ゆっくりと近づいてきてベッドに座った。

「どうした。そんな心細そうな顔をして」

指摘され、ユエルは慌てて顔を背ける。この男に弱みは見せたくなかった。たとえあんな目に遭わされても。

「なんでもない」

素っ気なく答えるユエルに、彼はちょっと笑ってみせる。

「さっきの舞台、ちゃんと見たそうだな」

「……お前の差し金か」

「ああ」

「悪趣味な。何故俺にあんなものを見せた」

「楽しかったろう？」

「楽しいものか！　あんな――」

いきり立ったユエルの心中などお見通しのようにイアソンはつかみ所のない笑みを浮かべていた。

「今日の舞台に出てた奴はな、さる国の下級貴族の家系だったらしい。いつの間にかここに流れ着いて、今じゃすっかりうちの売れっ子だ」

「っ……」

あの青年の出自にユエルはひどく驚いた。下級とはいえ由緒正しい家の者が、自らの意思でここに辿り着いたというのか。

「好きなんだそうだ。ああいうことが」

「な……」

ユエルは信じられなかった。そんなことを自ら認めてしまえるだなんて。

「あいつもかなりの素質の持ち主だが、俺はそれよりもお前のほうが才能があると思ってい
る」

「またその話か」

ユエルは吐き捨てるように言った。

「俺にそんなものがあるはずがない。いい加減にしてくれ」

「いいや。お前の中の歪みはかなりのものだよ。それが爆発した時、おそらくお前に夢中にな
らない男はいない」

「痴れ言を――――」

イアソンがぐい、と顔を近づけてきたので、ユエルは言葉を途切れさせる。

「明日から毎日あれを見るんだ」

「何をだ」

「今日みたいな奴を、あと六日間、毎晩やる。お前はそれを全部見るんだ」

「冗談じゃない！」

たった一回見ただけで気持ちがこんなにも揺さぶられた。それなのに、あと六日間もあんな
ものを見させられるだなんて。

「お前に選択権はないんだよ」

イアソンの口調はあくまで優しかった。

「何も知らずこの街に飛び込んできたお前の不運――、いや、むしろ幸運かもしれないぞ。本当の自分を知ることができるんだからな」

イアソンはそう言って、ユエルの腰を抱き寄せた。今日は何もされないと思って油断していたが、その隙をつくように唇を奪われる。

「……んっ……」

深く舌を絡められ、喉から甘い呻きが出てしまう。これは俺の意思とは関係ない反応だ。そう思うのに、捕らえられた舌を震わせてしまう。イアソンの巧みな口吸いは、ユエルの口の中をねっとりと舐め上げ、頭の中をぼうっとさせた。

「…ぁ、ん…っ」

ぴちゃ、と舌を合わせ、全身の力が抜けてしまう、と思った時、ユエルは口づけから唐突に解放される。

「じゃあ、またな。おやすみ」

それ以上は何もせずに、彼は部屋から出て行ってしまう。一人取り残されたユエルは、中途半端に燃え上がりかけた肉体の火を持て余すようにため息をついた。

次の夜もその次の夜もユエルはチェイスに連れ出されて、淫らな舞台を見させられた。舞台の上にいるのは毎夜違った。男であったり、女であったりもする。だがそのいずれもが舞台の上で恥ずかしい部分を晒し、淫らな愛撫に身を捩り、男根に貫かれて絶頂を繰り返すのだ。

そんな光景をひたすら見せられ続けては、ユエルは気持ちが乱れてしまう。その間イアソンとチェイスの二人は、ユエルを抱こうとはしなかった。そのくせ濃厚な口づけだけは与えて、ユエルの肉体に火がつきそうになると離れてしまう。

（いったい何を考えているんだ）

さすがのユエルも、一連のこの行為が自分に何らかの影響を与えようとするものだということはわかっていた。毎晩他人が感じさせられている姿を見せつけられながら、自身にはほとんど何もされない。それはユエルの身に欲の澱を降り積もらせていく。知らず知らずのうちに、ユエルは『次』を待ち侘びるようになった。自分でも気づかないうちに目覚めさせられる身体と心。

そして八日目の夜、ユエルの部屋にイアソンとチェイスが訪れた。

「……うっ…」

身体を締めつける縄にユエルは呻き声を上げる。

部屋の中央に椅子が置かれ、ユエルはそこに縛りつけられていた。椅子の肘置きにそれぞれの脚を引っかけた状態で拘束され、恥ずかしい部分を剥き出しにされている。両腕は椅子の背もたれに回すようにして縛られていた。

「気分はどうだ?」

「…っ、こんな、こと…っ」

イアソンの言葉に、ユエルは悔しそうに答える。

「まんざらでもなさそうに見えるぜ? ここなんかもうおっ勃ってる」

「あっ!」

広げられて露わになった股間の屹立をチェイスの指先でそっと撫で上げられ、ユエルは声を漏らす。

「他の奴らの行為を見て、ずいぶん興奮しただろう。その熱はその身体に蓄積されているはずだ。今からそれを教えてやる」

「ああっ…、や、嫌だっ…」

イアソンの指先に乳首を転がされた。それだけで身体中がぞくぞくとわななく。

「嫌と言ってるが、裸に剥かれてここに縛りつけられた時、どうしてろくに抵抗しなかったんだ?」

「…っそ、それ、は…っ、あ、ん…っ」

本気で嫌なのであれば、たとえ素手でも戦えるはずだった。それなのに、服を剥ぎ拘束してくる彼らの手にろくに抗えなかった。自分でもどうしてなのかわからないのだ。

「待っていたんだろう?」

「ち、違っ……」

「それじゃあ正直になってもらうか」

チェイスはどこからか鳥の羽根を取り出した。そんなものをいったいどうするつもりなのだと注視していると、その羽根先が内股をそっと撫で上げていく。

「ひあっ」

異様な感覚にユエルの身体が跳ねた。羽根は内股を何度も往復し、細かで総毛立つような刺激をユエルに与える。

「あっ、や、やめっ…、くす、ぐった…っ、あは、あっ!」

我慢できない快感に、縛りつけられた身体で身を捩る。その度に椅子ががたがたと音を立てた。両の乳首はイアソンによって指で摘まれ、こりこりと揉まれている。その度に胸の先が甘く痺れた。

「はあ、ああ…っ、あっ」

「もう少し膨らんできたら、ここに金の環を嵌めてやろう。きっと似合う」

イアソンが乳首の先端を撫で回す。堪えきれなくて背中が仰け反った。

「く、ふ、ううんっ……」

最初に媚薬を使って犯され、その後一週間は他人が犯されているところを見せられるだけで口づけ以外は何もされなかった。そして今、椅子に縛りつけられて弄ばれている。

「あ、あっ、嘘、だ、俺の、身体っ…！」

媚薬を使われていないのに、ひどく敏感になっている。肌を一撫でされるだけで全身が震えた。

「いい子だ。だいぶ出来上がってきたな」

「な、何を、したっ……」

「俺達は何もしてやしないさ。お前が勝手に自分の身体を造りあげたんだ。そら、こうされるのもたまらないだろう？」

イアソンの指先で乳暈(にゅううん)をくすぐられ、ユエルは声を上げる。敏感になっている内股もさわさわと虐められておかしくなりそうだった。

「んあぁっ…あっ！　あ、んっ…！　そ、そこばっかり、やめろ…っ」

「じゃあこっち」

「あああっ…！」

っ…っ

反対側の内股に羽根を這わせられ、びくびくとわななないた。そこに刺激を与えられると、股間にまで快感が響いてくる。ユエルの肉茎は濡れながらそそり立って苦しそうに震えていた。次第に腰が揺れ、まるで愛撫を欲するように蠢く。

「あ、あ…ああっ、つ、つらい、からっ……」

肉茎に刺激が来ないのが次第にもどかしくなってきた。その羽根でここをくすぐられたらどんなに気持ちがいいだろうか。

「つらいから、何だよ？」

「あっ、ひーっ」

羽根の先が脚の付け根へと伸びる。そこを責められると、腰が勝手に浮き上がった。内奥がきゅうきゅうと引き絞られる。イアソンによる乳首への責めと相まって身体の中で快楽が混ざり合い、次第に大きな波へと変わっていった。

きっと、ユエルが卑猥な言葉を口にしなければ彼らは欲しい刺激をくれないだろう。数瞬の間葛藤（かっとう）して、ユエルは濡れた唇を舌先で舐めた後に言った。

「こ、ここに…っ、ここ、して欲しい……っ」

その部分を突き出すようにして腰を上げる。炎のような羞恥が身体を包んだが、それは興奮へと変わっていく。

「ここ、じゃわかんねえんだよなあ……。ま、いいか」

「ふあっ、あぁあっ」

羽根がユエルの肉茎の裏筋をなぞっていった。ぞくぞくっ、と背筋に快感が走り、凛（りん）と整った顔が喜悦に歪められる。

「く、ふ…うっ、う、んんっ、あ、あ、ああ……っ」

「先っぽの孔（あな）、パクパクしてるぜ。いやらしいな」

「いずれそこの孔も犯してやろう。今は快楽を覚えるといい」

イアソンに乳首を愛撫されながら耳の中を舌先で嬲られ、泣くような声を上げてしまった。

快楽が断続的に身体を駆け抜けていって震えが止まらない。

チェイスが操る羽根によってユエルの肉茎はびくびくとわななないていた。先端の蜜口からは後から後から愛液が溢れてきて羽根を濡らしている。

「羽根で虐められんの気持ちいいか？」

「あ…っ、あ…っ」

淫らな責めにユエルは頭の中が焼き切れそうな興奮に包まれていた。先端のくびれのあたりを何度も撫でられると耐えられなくなる。口の端から唾液が零れているのにも気がつかなかった。

「あ、ひ…ぁ、あっ、あっ、ああ…っ、そ、こ…っ」

脚の爪先の指がぴくぴくとわななないている。欲情の蓄積と無体（むたい）な快楽はユエルを恍惚の淵にてた。

感じやすい裏筋をまた重点的に往復される。ユエルは我慢できなくて腰をがたがたと振り立

「ふあっ、んんぁあ――…っ」

「どうなんだよ」

叩き落とした。

「あっ、あっ、き、きもち、いい…っ」

「気持ちいいのか？　これが好き？」

要求される言葉を言うと、口調が優しくなる。まるで褒められているようだった。

「んんあぁ…っ、す、すき、そこ、さわさわされると…っ、頭、変になる……っ」

「そうかあ。もっと変になれよ」

「あ――…っ」

しつこくくすぐられてしまい、ユエルはとうとう啼泣する。快感がもの凄い勢いで体内を駆け巡り、強烈な絶頂に呑み込まれた。その瞬間を見計らったかのようにイアソンの指がユエルの乳首をきゅううっと強く摘まみ上げる。

「ああっ！　いっ、い、く、あああっ、あぁぁぁあ……っ！」

椅子に縛られた身体を何度も仰け反らせて、ユエルは極みを味わわされた。先端から白蜜が勢いよく弾ける。身体中が痺れるような極みに目の前がくらくらした。

「は、あ……っ、はっ」

呼吸の乱れを必死に整える。身体はまだじんじんと脈打っていた。

「すげえイきっぷりだったな」

「覚えがいい。お前はいい子だ、ユエル」

イアソンが髪に口づけてくる。

「そろそろ交代するか、チェイス」

「了解」

男達の位置が入れ替わった。ふと気づくと、イアソンもまた手に鳥の羽根を持っている。またあれをされるのかと思うと身体中が期待でもしているようにぞくぞくした。違う。俺はそんな淫らな人間ではないのに。

「まだまだ可愛がってやるからな。うんと声を出していいぞ」

イアソンはそう言うと、ユエルの腰を少し前にずらした。

「！」

そうすると、双丘の奥、後孔の肉環が露わになる。そこは前の刺激でひくひくと収縮していた。

「あ、んあっ！」

イアソンの持つ羽根はユエルの後孔をゆっくりと刺激し始めた。さわさわと撫で回されると、肉洞の奥がきゅうきゅうとわなないた。

「あ、あっ…、ああ、くうっ、うっ」

「くすぐる度に痙攣するように蠢く。可愛い奴だ。もうこんなに感じて」

言葉で嬲られて、恥ずかしくて仕方がなかった。内奥の疼きは次第に下腹の奥まで広がっていく。そこはあるものを欲していた。それが何かは、もうわかっている。

「んんあっ！」

後ろの刺激ばかりに捕らわれていたが、背後からチェイスに乳首を摘まれ、カリカリと引っ掻かれて、卑猥な快感が襲ってきた。

「んあっ、あっ、あっ！」

「すげえビンビンになってるぜ。旦那に弄られたのがよっぽどよかったんだな。お前乳首弱いし」

「よ、弱…くな……っ」

こんなことを言ってもまるで説得力がないのはわかっていた。さっきまでイアソンに嬲られていた突起は固く尖り、いやらしく充血して膨らんでいる。そこを何度も弾かれたり、あるいは摘ままれてくにくにと揉まれると、もう正気を失いそうになるのだ。

「まだそんな態度とってんのか。あんま可愛いことばっかり言ってると虐めたくなるな」

今している行為はすでに虐めているのではないか。それとも彼らにとっては、これは虐めていることにはならないのか。

「……っう、ああっ、あああっ！」

乳首と後孔への刺激が身体の中で次第にひとつに混ざり合っていく。さっき羽根で責められた肉茎はもう勃ち上がり、先端を愛液で濡らしていた。

（……あ、気持ちいいっ……）

快感に身を捩ると身体を戒めている縄が肌に食い込んで、まるできつく抱きしめられているようだった。下腹がぶるぶると震えてそこを満たしてくれるものを求めている。

「さっきからここの孔が痙攣しっぱなしだな。我慢できないか？」

「……っで、きな…っ」

はやく、はやくここをこじ開けて、奥まで突き上げて欲しい。身体はそう訴えて泣き濡れていた。

「駄目だな。まだ我慢していろ。そら、もっとくすぐるぞ」

「ああっやっ、んんあああぁ…っ」

ふっくらと盛り上がった肉環の縁を羽根が残酷に撫でていく。身体が火に包まれたようだった。快感が次々と押し寄せてきて、限界を超えてしまう。

「ふあっんっ、いっ、く、イく、――――～～っ！」

めいっぱい背を反らし、ユエルは彼らの前でまた蜜口から白蜜を噴き上げた。

「おお、出た出た」

その様子を見たチェイスが感心したように呟く。そのどこか暢気な声の響きによけいに羞恥を煽られた。

「やあっ、ア、もうっ、も…うっ」

淫らな虐めに全身が切ない疼きに苛まれている。最もつらいのはずっと羽根で嬲られていた後孔だった。充血し、柔らかく蕩けたそこは犯してくれるものを求めてパクパクと開閉を繰り返している。

「どうして欲しい？」

イアソンが優しく問いただした。

「もう、ちゃんと言えるだろう？」

彼はユエルが何をして欲しいのかすっかりわかっている。その上でユエルに言わせようとしているのだ。

「ほら、その可愛い口でちゃんと言え」

イアソンの指先がユエルの口を開かせようとするように、そっと差し込まれる。ユエルは無意識で彼のその指先を舐めた。イアソンの目が微かに細められる。

「……っ、挿れて、ほし…っ」

「誰の、何を？」

「イアソンと、チェイスの、――――を…っ」

その名称を口にした時、ユエルは大粒の涙を零した。

「ああ、かわいそうに。泣いちまって」

「んんう…っ」

強引に顎を掴まれ、チェイスに口を吸われる。身体が痺れるほどの気持ちよさを感じた。無意識に自分から顔を傾けて彼の舌を吸い返してしまう。その時、腰がぐっ、と持ち上げられた。

「ん、う……っ！」

悪戯されていた後孔にイアソンの男根が押しつけられる。やっともらえる、と思い、また物欲しげに収縮した。

「ん、ふうっ、あっ、んううぅ…〜っ！」

「ゆっくり挿れてやろう」

こじ開けられる感覚がたまらない。急激に捻じ込まれるよりもじっくりと味わわされるほうが『きく』のだ。

「あ、あっ、あっ……！」

じわじわと犯されていく。ユエルは無意識にもっと深く咥え込もうと腰を上げるが、イアソンにちゃんと気づかれていて逃げられてしまった。

「旦那、あんまり意地悪してやるなよ。こんなに挿れて欲しいって全身で言ってるじゃねえか」

呆れたようなチェイスの声にも、イアソンは苦笑を浮かべるばかりだった。

「そうは言っても、こいつは俺だってなかなかきついんだ」

ふと気がつくと、イアソンの額にはうっすらと汗が浮かんでいた。彼はそうまでしてユエルを苛みたいのだろうか。

「これは大事な調教の一環だからな。欲しいという感覚をこの身体に叩き込まないと」

「も、もうっ…、もう、わかっ、て…っ」

こんなにされてしまって、ユエルの理性は熔けかけてしまっていた。一秒でも早く奥まで突いてもらいたい。最奥を突き上げられた時の、あの目も眩むような快楽を味わいたいと身体中が泣いている。

「いや、お前はまだわかっていない」

それなのにイアソンは無慈悲にそう告げるのだ。

「屈服する悦びをもう少し知ってもらわないとな。前回でそれは知っただろう？　けれどお前にはまだ殼が残っている」

イアソンの言っている殼というのがなんなのかユエルにはよくわからなかった。しかし屈辱と背中合わせの快楽なら覚えがある。悔しいのに、自分が解放されていくようなあの感覚。それは肉体の快楽と同じくらい気持ちのいいものだった。

「ふ、くう…あ、あ、あっ」

　イアソンが少しずつ押し進んで来る毎に身体が甘く痺れてくる。もうおかしくなりそうだった。そして最奥までみっしりと埋められた時、その充足感に震える息が漏れる。

「……あ…っ」

「そら、お待ちかねのところだ」

　イアソンがそう言って中を軽く突き上げた。その刺激を待ち望んでいたユエルは、それだけで達してしまう。

「んあぁっ、あぁあ…っ」

　びくびくとわななく下半身。下腹の奥に一気に快感が広がって、ユエルの抗おうとする気力を熱せられた蜜のようにとろとろに蕩かしてしまう。

「は、あっ、……んっ、んあっあっ、ああぁあっ」

　こうして欲しかったんだろう、と言うように、イアソンが強く突き上げてきた。ユエルの体内を熱い快感が貫く。そうだ、この刺激が欲しかった。肉洞を擦り上げてくれるイアソンのものを締めつけるとその形がはっきりとわかる。それが凄まじいほどの興奮をもたらした。

「うあ、あっ、ああっ！　い、いっぱい…にぃっ」

「奥から入り口まで……、全部擦り上げてやるからな」

「ふあっ、あっ、ああっ、あぁぁ――……っ！」

びくんびくん、と全身がわななく。先ほどまでとはうって変わって容赦のない抽送にひとたまりもなく、ユエルは達してしまっていた。それでもお構いなしに内部を突き上げられる。

「あっ、やっ、い、イって…っ、イってるからっ、ああっ」

達している最中にまで快楽を与えられるのは苦痛と紙一重だ。だがイアソンはそのギリギリの一歩手前を責めてくるので、ユエルは正気を失ったように喘ぐしかなかった。

「あーあ。すっかり負けてんの」

背後からくっくっと笑いながらチェイスが囁く。彼は執拗にユエルの乳首を弄り、舌先で耳の中を嬲っていた。

「あ、んあっ、あっ…！」

もはや違う、と言うこともできない。身体中が愉悦にわななないていた。今のユエルは確かに快楽に負けている。胸の突起はこれ以上ないほどに尖り、チェイスの指先で弾かれる度にジンジンと痺れていた。

「また奥にたっぷり注いでやる。かき出せないくらいにな」

「やっ、や、あ…っ！」

拒絶したいのに、ユエルの口から漏れたのは甘えたような声だった。

俺がこんな媚びた声を出すなんて。

けれどユエルの肉体は男の精を注がれることを待っていた。

「そらっ、受け取れっ…！」

「んんあっ、やあぁっ、ああ――――…っ」

最奥に叩きつけられる感覚。それは己の無力さを思い知らされる。けれどそれと同時に湧き上がる泣き叫ぶほどの悦楽。

「あ、んう、くうう――～っ」

仰け反った喉から哀切の声を漏らしている間も、肉洞の壁にどくどくと精が注がれていった。

「ふ――…、やっぱりお前は上玉だよ、ユエル」

満足げな声を出してイアソンがゆっくりと男根を引き抜く。ずるり、というその感触にすらも感じてしまい、ユエルは腰を震わせた。まだ抜かないで欲しい。

「そんな寂しそうな顔をするな。今度はこいつが可愛がってくれるってよ」

「あ……」

身体が離れる瞬間に唇を吸われる。ユエルは思わずうっとりとそれを吸い返した。

「俺、また旦那の次かよ。まあ雇われている身としては致し方ねえか」

イアソンと位置を替わるようにチェイスが脚の間に身体を入れてきた。椅子に括りつけられたままの格好で犯されたユエルは、そのままの体勢で彼の前に秘部を開かせられる。

「ほら挿れるぞ。ここ緩めな」

「っう、あ…っ」

チェイスのものがこじ開けられたそこに捻じ込まれていく。背筋にぞくぞくっ、と快楽の波が走った。

「んんぁぁ、あぁあっ」

たった今、こってりとイかされた場所をもう一度拓かれるのはたまらなかった。椅子の手摺りに縛りつけられた両脚がぶるぶると震える。

「はあ、あっ、奥、おくぅっ…！」

「うん…？　奥がいいのか？」

ユエルは無意識にこくこくと頷いていた。腹の奥に、男根の先端が当たると痺れて蕩けそうになる場所があって、そこを突いて欲しかった。

「ここだろ」

「ひ、んんあ、あ、あああっ！」

先ほどさんざん可愛がられた場所をぐりっ、と抉られ、つま先まで甘い快感に包まれた。

「あー、すげえ締まる……。吸いついてくる名器って奴だな」

「簡単に持っていかれるなよ」

「わかってるって。俺だってそれなりにはやるんだからさあ」

彼らは会話を交わしながらユエルを責めてくる。まるでどちらがユエルを追いつめられるか競争しているようにも見えた。チェイスはユエルの最奥を小刻みについてくる。下腹の奥がじゅわじゅわと痺れた。

「あう、う、ア、あああんんんっ……」

仰け反る肢体に縄が食い込む。そんなユエルを背後から抱きしめるようにイアソンが首筋を吸ってきた。そして片手が伸ばされ、ユエルの股間のものを握る。

「ひうっ…、あ、あっ！　それ、はぁっ…！」

後ろにチェイスの男根を出し入れされているというのに、前方の肉茎まで扱かれ愛撫される。

「後ろと前をいっぺんにされて、最高だろう」

「んんあっ、あ、あはぁああ……っ、だ、だめだ、これっ…！」

前後を同時に責められると快感をどう受け止めていいのかわからなくなるのだ。体内でひとつになった熱が身体中を巡り、炙る。ユエルは淫らに全身をくねらせるようにして悶えた。尻をはしたなく振り立て、繋ぎ目がぐぽぐぽと音を立てる。

「すげえやらしい音だな」

「ああはっ、や、やめ…ろ……っ」

「何言ってんだよ。このエロい音出してんのは俺じゃなくてお前、な。ほら、一番奥ぐりぐりしてやるから」

「んんあぁあっ！　あ、そこ、そこぉっ…！」

特に弱い場所を虐められると理性を飛ばして喘いでしまう。僅かに残った思考が、素面に戻った時にきっととんでもなく後悔するぞ、と訴えてきた。けれどどうしてこの快感に抗えるだろうか。

「あ、あっ！　イく、イく…うっ…！」

またしても襲い来る絶頂にあっという間に呑み込まれてしまう。体内のチェイスを締めつけながらイアソンの手の中に白蜜を吐き出した。その間も先端の丸い部分をぬるぬると撫で回され続けて頭の芯が灼けつきそうになる。

「んんぁあぁぁあ……っ！」

彼らは意地悪なので、ユエルが達しても責める手を止めてはくれない。それどころか、よけいにねっとりと舌や指を使い、腰を穿ってくる。

「い、いい…っ、い…いっ」

「イくの気持ちいいか？　もっと奥のとこ、可愛がってやるからな」

「前のほうも根元から扱いてやるよ」

「あっだめっ！　だ、あっ、ああんんん…っ！　～～～っ」

肉体の弱いところをいくつも同時に感じさせられた。最奥はむしろ優しく突かれ、捏ねられて泣きたくなるほどの快感が腹の奥でうねる。肉茎は指で扱かれ、裏筋や先端なども柔らかく撫でられた。

「く、ふ…う、んんああ……っ」

椅子の上で緊縛（きんばく）された肢体が上気しながら卑猥に悶える。チェイスの息が次第に切羽詰まったものへと変わっていった。

「俺もそろそろかも。……中で出していい？」

ユエルは何度も頷いていた。中でしとどに出された時の快感を身体が覚えてしまっている。

「は、ああっ、あっ、はっ！」

「……うおっ！」

チェイスが一瞬身体を硬直させたと思うと、腰の律動が速くなった。内奥で熱いものが吐き出されてユエルの壁を濡らしていく。それが途方もなく気持ちがいい。

「あーっあっあっ！　――――っ！」

また中で出されてしまった。震えるユエルの肉洞の中は、今二人の男の精で満たされている。

それはユエルを侵食し、何か別のものに変えていくような感覚がした。

「はっ…、は、あ…っ」

「すげえよかった…、ほら、口開けて」

「あ、ンっ、んんっん…っ」

唇を重ねられ、無遠慮に舌を吸われて頭の中がかき乱されるようだった。

（だめだ――――）

このままでは、俺は、俺ではないものになってしまう。

ユエル・フィーズ・イシュタニア。この国の有力貴族の家に生まれ、期待を背負った聖騎士。それが自分に与えられた役目なのに。

「よけいなことは考えるな、ユエル。『これ』は楽しいだろう？　俺達がお前をもっともっと解放してやる」

背後からのイアソンの囁き。それがユエルの鼓膜(こまく)をくすぐり、心地のいい欲望の沼へと引きずりこんでいく。そしてユエルは自分の中の、目を背け続けていたものが否応なしに目の前に突きつけられるのを感じるのだった。

次の日からドアに鍵をかけられることはなくなった。いったいどういうことかと訝しんだが、どうやら彼らはユエルがここから出られるわけがないと高をくくっているらしかった。

男達は気まぐれにユエルの部屋に来て抱いていく。二人で来ることもあったし、どちらかが一人で来ることもあった。そして、そのいずれの場合も、ユエルはベッドで、あるいはそれ以外の場所でぐずぐずにされ、何度も絶頂の極みへと追い立てられる。

早く、はやく逃げなければ。

もちろんユエル自身、ただ腐抜けたようにここにいるわけではなかった。

この建物は意外に脱出するのが難しい。人の出入りが多いのは紛れやすいとも言えるが、そこで働く者の数も多く、人目も多いということだ。

（いったいどうしたら）

ユエルは諦めたわけではなかった。いつまでもこんなところに捕らわれたままでいるつもりはない。どうにかしてここから逃げ出さなくてはならなかった。

動ける範囲で周囲を調べてみると、わかったこともいくつかあった。

この建物が営業している間は、表の正面玄関は常に開いている。だがここから表に回るためには鍵が必要だった。それはこの建物の責任者であるイアソンや、おそらくチェイスも持っているだろう。

（どうにかしてその鍵を手に入れられないか）

そしてユエルの装備も取り返さねばならない。剣があるのとないのとでは、何かあった時の戦闘力が格段に違う。

「俺の剣はどうした」

ユエルはある時、真正直に聞いてみた。ユエルをベッドに押し倒し、服を剥いていたチェイスは「へ？」という顔をする。

「俺の装備だ。まさか、売ってしまったというわけではないだろうな」

あれは王から賜った大事なものだ。もしも処分されてしまったのなら目も当てられない。

「ああ、売ってねえよ。俺が持ってる」

「……返して欲しい」

「冗談。簡単に返すと思うか？」

さすがにユエルもそんなことは思っていない。チェイスは悪戯っぽく笑うと、ユエルの両脚を大きく開いた。恥ずかしい場所を露わにされて恥ずかしさに顔を背ける。

「まあ、お前がいい子にしてたら返してやらんこともないけど」

「……え？」

思わず彼を見ると、ふいにチェイスはユエルの脚の間に顔を埋めてきた。屹立しているものを深くしゃぶられ、快感が身体の中心を貫く。

「……んぁあっ！　あっ、あ――……っ」

いい子にしているとはどういうことだろうか。ユエルは白く濁り始めている思考の隅で考えた。彼らがユエルに望むことは、この快楽に素直になることだ。

「…っは、あ、あ…っ、い、いい…っ」

「よしよし。気持ちいいか？」

「んっ、ん…っ！」

ユエルはこくこくと頷いた。そうすると、不思議な解放感のような感覚すら覚える。自分が纏っていた重い殻をまたひとつ脱ぎ捨てたような。

「なんだよ。今日はえらい可愛いじゃんか」

チェイスはどこか嬉しそうな声を出してきた。それからユエルを悦ばせるように執拗に舌を動かしてきて、思わず腰が蠢いてしまう。

「んん、あんうっ…、あ、あ…っ」

彼らは自分が可愛げを見せると嬉しいのだろうか。快楽で意識が時々飛びそうになりながらも、ユエルは必死でチェイスの反応を窺っていたのだった。

「よう。少しは慣れてきたみたいじゃないか」

その日の夜、営業が始まって少ししてからイアソンがやってきた。手には紙袋を持っている。

「これやる。後で食いな」

紙袋の中には赤い色をした果物が入っていた。甘い香りが微かに立ちのぼる。

「……ありがとう」

ユエルが受け取って礼を言うと、イアソンはにっと笑った。紙袋をテーブルの上に置き、ユエルは尋ねる。

「聞きたいことがある」

「何だ」

「いつまで俺をここに閉じ込めておくつもりだ」

こうしている間にも時間は刻一刻と過ぎていく。定期報告のない自分を、王は不審に思っているだろう。捜索の手を伸ばしてくれていればいいが、生憎(あいにく)とそれは期待できないと思った。極力目立ちたくないから、自分一人をここに送り込んだのだ。

「そうさなあ」

イアソンが近づいてきて、ユエルは唐突にベッドにうつ伏せに押さえつけられた。

「……っ⁉」

その手際の良さに思わず目を見張る。彼はいわば裏の社会の商売人で、ユエルのように正規の訓練は受けていないはずだ。それなのに一瞬の隙をついて押さえつけられた。やはり荒事（あらごと）には慣れているということなのだろうか。

そんなことを考えている間に、ユエルは下肢の衣服を脱がされていることに気づいてぎくりとする。

「あ、何をっ……！」

「具合を見るだけだ。大人しくしていろ」

下半身を剥き出しにされて双丘を押し開かれた。その部分に外気が触れる感覚に思わず身を竦ませる。視線を感じて羞恥が押し寄せてくる。

「だんだん縦に割れてきたな」

「え？」

「ここに突っ込まれるとな、変わるんだよ。女のあそこみたいな形になる」

「な……っ」

まさかそんなことになっているなど想像もつかず、ユエルはぎょっとした。自分の肉体の変化に恐ろしささえ感じてしまう。

(だが、ここから出れば元に戻るはずだ)

ユエルは諦めていなかった。自分は必ず役目をやり遂げてこの街から出て行く。そして城に戻り、また聖騎士として務めを果たすのだ。だが、そのためには。

「あっ、やめっ……！」

ふいに後ろに指が潜り込んできた。ユエルの後孔は繰り返される調教で受け入れる器官として造り変えられつつある。イアソンの指はゆっくりと中をまさぐり、少しずつ奥へと進んでいった。

「うん、挿れた瞬間から絡みついてきて、よく締めてくる。たいしたもんだよ」

「っ、く、ふっ……」

中をかき回すようにされると下腹の奥が熱くなってくる。じわじわと込み上げてくる刺激に腰を動かしそうになった。それに耐えようとしてユエルは頭を下げて俯く。

「……っ」

その時ふと視界にあるものが映る。イアソンの腰のポケットから鍵の束がはみ出していた。彼はここの管理者である。であれば鍵を所持していても何ら不思議はない。その鍵束はひとつのリングに纏められていた。その様子が何故かユエルは気になってしまう。

――あの鍵を試してみたい。

それは勘のようなものだった。どうにかしてあやしまれずにあれを手に入れることができたのなら。

「どうだ。気持ちいいか？」

「んっ…、うう…んっ」

覚えさせられた快感が内壁を震わせ、声が勝手に出てしまう。イアソンの指の腹で内壁を擦られるとそこからぞわぞわとした快感が体内に広がっていった。

こんな感覚はここに来る前までは知らなかったことだ。自分の肉体は確実に男の手によって変えられてしまっている。このままではもっと取り返しのつかないことになってしまう予感があった。

その前にここから逃げなければ。

ユエルはイアソンを振り向くと、両腕を彼の首に絡めた。こんなことはしたこともないが、ぎこちなくはなかっただろうか。

「うん…？　どうした」

イアソンはユエルの突然の行動にあやしんだ様子を見せなかった。今が好機だと思った。ユエルは死ぬほど恥ずかしい気持ちを抑え、彼にねだるような媚態（びたい）を見せる。

「お前達のせいだ……っ」

はあっ、と熱い吐息を彼の首筋にかけた。

「俺が、こんなになったのは……」

すんなりと伸びた脚をイアソンの腰に絡みつけた。すると彼の喉が上下する気配がして、思わず瞠目する。自分のこんな稚拙(ちせつ)な誘惑でも通じるのだろうか。だがそんなことを考える余裕はユエルにはなかった。こうしている今も、快楽は容赦なくユエルを蝕(むしば)んでくる。

「こんな、ことされたら、感じるに決まって……っ」

「ユエル」

イアソンの声がどこか上擦(うわず)っていた。あからさまな男の欲望の気配を全身で感じ取り、ユエルの背筋にもまたぞくりと波が這い上る。

「指、よりもこれ……っ」

ユエルは震える手をイアソンの股間に当てた。だが次の瞬間びくっ、と手を引いてしまう。何故なら男の股間は、岩のように固く熱くなっていたからだった。

「はは…っ、まったくお前はたいした奴だよ」

イアソンはさもおかしそうに笑うと、ユエルの中から指を引き抜く。ずるっ、という感触に思わず甘く呻いてしまった。

「んぁあ」

両脚を大きく広げられ、犯される体勢にされる。ヒクついた後孔にいきり立ったものを捻じ込まれた。

「うああんっ」

「こうして欲しかったんだろう？　……おねだりが上手くなったな」

「ん、あ、ぁ、ああ…っ」

入り口から奥にかけて押し開かれるような感覚が肌が粟立つほどに気持ちいい。ユエルはイアソンの背中を夢中でかき抱き、背中を引っ掻いた。

「あ、は、あぁあっ、そこっ、そこ、気持ちい…っ、いっぱい、擦って、くれ…！」

「こうか…？」

イアソンのものがユエルの肉洞でずちゅずちゅと動く。全身が震えるほどの快感に襲われた。

「ふあぁあぁっ」

強い刺激に涙が滲む。それでもユエルはどうにか理性を働かせ、濡れて滲む視界で必死に目を凝らした。下半身の衣服をずらしたせいか、さっきよりも二本の鍵がポケットの外に飛び出ている。ユエルは震える足先をそこに伸ばした。だがその瞬間、一際深く突き上げられてしまう。

「ん、あ、〜〜〜っ！」

ユエルはたまらずに仰け反った。だがその衝撃で脚の爪先が鍵を束ねるリングにひっかかったらしい。足の指に触れる固く冷たい感触がほんの少しだけユエルに正気を取り戻させた。

抜き去った鍵を咄嗟にシーツの中に隠し、壁のほうへと蹴りやる。うまく壁とベッドの隙間に落ちてくれれば儲けものだった。あとは――。

「んあ、あ…っ、もっと…っ」

イアソンの頬に手を滑らせ、淫らに喘ぐ。あとは彼にあやしまれないようにこの時間を終えるだけだ。

「ああ、お安い御用だ。一番奥をこうして――」

男根で最奥をどちゅどちゅと突かれ、小刻みに快感を与えられた。

「ひぃ、あ、んあっ、あぁぁ――…っ」

今度こそ思考が吹き飛ぶ。ユエルは頭の中を真っ白に染め上げられながら、強烈な快楽に何度も達し、我を忘れるのだった。

この街の夜は昼のように明るい。だが太陽が照らす昼間とはまるで違う空気を纏っている。今日のアスモデウスも欲望を満たすための人間が通りを雑然と歩いている。その中を、ユエルは目立たぬように気を配りながら歩いていた。悪目立ちをして、二度とあんな目に遭わないように。

ユエルはあの後、彼らの屋敷『フレイヤの涙』を出ることができた。身体を張って回収したあの鍵はやはりイアソンとチェイスの部屋の鍵であり、外に出るための鍵もそこにあった。ユエルは当時の衣服と装備まで取り返し、晴れて自由の身となった。

(だが、これで振り出しに戻った)

王宮に戻るわけにはいかない。自分はまだ何も成し遂げていない。やはり、このままこの街に潜伏して調査を続けるしかないだろう。

ユエルは周囲を見回す。イアソンは追っ手を差し向けていないのか、ユエルを捜しているような男達の姿は見ることがなかった。あれから丸二日が経とうとしている。

ユエルが潜伏したのは裏通りにある小さな宿だった。この街にあるのは売春宿ばかりではない。簡素な外観の宿はごく一般的なものだった。この街に来る商人や、単純な観光客のためのものだろう。ユエルがフードで顔を隠していても、宿の主人は前金を受け取ると快く部屋に案内してくれた。

（今後はこれまで以上に慎重に行動せねばならない）

イアソン達に捕らわれている間、わかったこともあった。

『女神の蜜華』は国外から持ち込まれて国内に広まったらしい。そして今も秘密裏に輸入されている。

誰か手引きしている者がいるはずだ。

ユエルの脳裏に彼らの姿が浮かぶ。イアソンはこの街でも一際大きいあの建物の元締めだというし、それが彼でも何らおかしくはないと思った。自分が彼らの側にいた時はそれを裏付けるような行動は見られなかったが、あそこではユエルは行動を制限されていた。だから何らかの動きがあってもわからなかったかもしれない。

だとしたら、あそこを逃げ出してきたのは軽率だったか。鍵を取った時のように必死で媚態を見せ、彼らの油断を誘い、裏を取ったほうがよかったのではないか。

だがあれ以上はユエルは耐えられなかったのだ。毎日のように与えられる快楽と恥辱はこれまでのユエルの価値観を根底から揺るがせ、自分でも知らなかった、いや認めたくなかった自分を目の前に突きつけられた。あれ以上あそこにいたら、ユエルはきっと何か別の生きものに変貌してしまっていたことだろう。

今も思い出す。恥ずかしいところをすべて曝け出され、肉体の奥底から快感を引きずり出された日々。男達の舌と指が身体中を這い、そして内奥を容赦なく犯されて、ユエルは快楽に泣き、悶え、幾度も絶頂に達した。その強烈な体験はきっと忘れることはできないだろう。

「……っ」

同時に胸の奥がちりちりと焦げつくような、ざわめくような感覚が込み上げてくる。彼らの体温や吐息の感触、そして抱きしめてくる腕の強さが、快楽と同じ強烈さでユエルの身体に残っていた。囁く声の低さと甘さ。それを思い返すと今も足から力が抜けそうになる。

「しっかりしろ」

自分に言い聞かせるように声に出して呟いた。

あんなことぐらいで揺らぐなど情けない。俺は王国の誇り高い聖騎士なのだ。たとえ肉体に何をされようとも、心までは支配されない。あれは俺が望んだことではない。

──お前はこういうことが好きなんだよ。

行為の最中に何度も囁かれた言葉だった。その度に身体の中心を痺れるような興奮が駆け抜けた。

「違う」

俺はあんな淫らな人間じゃない。

ユエルは首を振り、その考えを追い出した。今思案しなければならないのはそのことじゃない。使命を思い出せ。

ユエルは足早に通りを歩き、目についた大きめの酒場に入る。昼のうちは食事を提供している店もあり、ここもそういった店のようだった。今日はまだ何も口にしていないことを思い出し、とりあえず食事を取ることにする。さほど空腹ではなかったが、このまま歩き回ってもいい考えは浮かばないような気がした。

昼時ということもあり、店の中は混み合っていた。それでもどうにか一人分の席を見つけ、はち切れんばかりの胸の大きさの女性にミールプレートを注文する。先に運ばれて来た葡萄酒を口にしながら、ユエルはさりげなくあたりを見回した。周囲の会話に聞き耳を立てる。自分から『女神の蜜華』や王子のことを聞くのには慎重になった。それで一度痛い目をみている。

「メイベルんとこの娼館に新しく入った若いのがえらい売れてるらしいな」

「昨夜カジノですっちまったぜ。今夜取り返さねえと」

「あそこの店のショーはけっこう楽しめるぜ。入ってるところがずっぽり見える」

どの会話もえげつなく卑猥なものだった。ユエルは眉をしかめながら、運ばれてきたプレートのチキンを口に運ぶ。

イアソンの店に近づけない以上、こうして他の店で目立たないように情報を集めるしかないのだが、やはりたいして収穫はないかもしれない。聞こえてくる会話の内容の下劣さにうんざりする。

だがその時聞こえてきた会話の中に、ふいに明瞭に耳に刺さるものがあった。

「マジな話なのか。そいつが王族関係者ってのは」

「しっ、声が大きい。なんでも、王子様のお忍びなんだとよ」

「けど、こんな店に本当に来るのか」

それはユエルのすぐ背後から聞こえてきた。気づかれないように振り返ると、男が二人、つまみの煮込みの皿を挟んで杯を呷(あお)っていた。ユエルは姿勢を元に戻すと、全身で聞き耳を立てて男達の言葉を拾おうとする。

だが声が大きいと注意されただけに、それ以降の会話はひそひそと潜められ、ユエルの耳に届くことはなかった。

やがて男達は会計を済ませ、席を立って店を出て行った。ユエルは彼らの後を追いかけて問いただしたい衝動を必死に抑えながら食事を済ませ、店を出る。

王族関係者、王子様、お忍び。

それらの単語が頭の中でぐるぐると回った。ユエルは振り返り、店の看板を見上げる。

男は、この店に来る、と言っていた。

ユエルはそれから五日の間その店に通った。だがその男達と会うこともなく、またリュカ王子が姿を見せることもなかった。あまり長時間店にいてもあやしまれると思い、昼と夜とすべて違う時間に行った。これが正解なのかどうかわからない。だが手がかりは今のところそれしかなかった。砂漠の中に落とした宝石を探すようなものだと思った。

　そして六日目の夜、ユエルは半ば諦めつつも店にいた。隅のテーブルに座り、葡萄酒を少しずつ口に運ぶ。夜が更けるにつれて店は混んできて、胸の大きなウエイトレスがやや申し訳なさそうに席をどいてくれないかと頼んできた。

　ユエルはため息をついて立ち上がる。その時だった。店のカウンターの中に誰かが入ってくるのが見える。カウンターの裏はバックヤードになっていて、その人物はそこから出てきたようだった。

「――――」

　ユエルはその男の姿から目が離せなくなる。彼はすらりとした佇まいをしていて、立ち振る舞いも堂々としていた。それだけでこの街に似つかわしくないように思える。赤みを帯びた栗色の髪、どこか悠然とした面持ち。

　リュカ・ソーン・アルテュール。この国の第四王子で、ユエルが捜している人物だった。

　リュカが店主とおぼしき男に話しかけると、店主は頷き、リュカと共にバックヤードに入っていく。ユエルは思わず後を追った。カウンターの中に入ろうとするも、側にいた男に止められてしまう。

「関係者以外は入れないよ」

「知り合いに似ている人を見かけたんだ」

「駄目駄目。帰った帰った」

ユエルは唇を噛んだ。せっかくリュカ王子とおぼしき人間を見つけたのに、確認することもできない。だがここで強引に押し切ればきっと騒ぎになってしまうだろう。それはユエルの望むところではなかった。

ユエルは即座に店を出ると裏口を探した。だがどれだけ待っても、リュカ王子らしき青年はそこから出て来ない。もしかしたら先ほどのユエルの行動を報告され、店の入り口のほうから出て行ったのかもしれない。だがそれを確かめる術はなかった。

結局外が白々と明け、辺りがすっかり明るくなるまで身を潜めていたユエルだったが、収穫は得られなかった。


宿に戻り、短い睡眠から目が醒めて、ユエルは宿の天井をじっと見つめて考えていた。

自分はいったい、どうすべきなのか。

ユエル一人では限界があると思った。慣れない場所、慣れない任務。だがユエルはやり遂げなくてはならない。それが王命だからだ。

「……っ」

ユエルの唇から熱い吐息が漏れる。そう、自分はもうひとつ問題を抱えていたのだ。

ここのところ、身体の芯が疼く。内奥が熱を持ち、それはユエルを悩ませた。起きて活動している時はどうにか考えないでやり過ごせるが、こうしてベッドの中でじっとしていると、否応なしにあの時のことを思い出してしまう。意思よりも肉体がまず正直だった。

「くそっ…」

毛布の中で身体を丸め、自分を抱くように腕を回す。自慰などまっぴら御免だった。してしまえば、それを認めたことになる。後で惨めになるのはわかりきっていた。

だが、どうしろと?

自分の肉体がじわじわと追いつめられているのは自覚している。彼らの調教の成果なのか、それともやはりユエル自身にそういった素質があったのか。

「ない…っ、そんなもの、ないっ…!」

強くかぶりを振る。そうしている間にも、体内の波は次第に大きくなっていった。あの日、初めて『女神の蜜華』を使われた時に似ている。この身体は、もう媚薬も必要としないほどに堕ちてしまったのか。

様々な問題を抱え、ユエルは一人宿の部屋で悶々と過ごすのだった。

夕闇に包まれた『フレイヤの涙』の正面玄関に、ぽつぽつと客が入り始めている。今は開店して間もなくなのでまだ客足は控えめだが、もう少し時間が経てば享楽を求める者達で溢れかえるだろう。

ユエルはその館の前に所在なげに佇んでいた。館を見上げるその秀麗な顔には、どこか頼りなげな色が浮かんでいる。そんなユエルを館に入る客達が一人、また一人と、怪訝そうな顔で見やって通り過ぎていった。

――本当にこれでいいのか。

何度も自問したことだ。今のユエルは身を灼かれるとわかっていて蝋燭に近づく羽虫のようだった。

それでも、これ以外選べない。

ユエルは足を踏み出し、ゆっくりと館の中へと入る。正面から入ったことはなかったが、中に入るとそこは大きなホールになっていた。そこから洒落た書体で書かれた案内板がいくつか出ていて、二階は娼館、一階は遊技場となっていた。おそらく一階が、ユエルが連れて行かれたステージのある卑猥な催し物が行われる酒場だろう。

ユエルは真っ直ぐに進み、遊技場と書かれた扉をくぐった。広い室内に置かれたテーブルは三割ほど埋まっている。床から三段ほど上がった舞台は綺麗に掃き清められ、今夜の催し物を待っている。館で働く男がユエルを見て「あっ」と声を上げた。

「イアソンに取り次いで欲しい」

言葉が終わる間もなく、何名かの男がやってきてユエルの腕を掴もうとする。ユエルはそれを勢いよく払った。

「逃げない。俺をイアソンのところに連れて行け」

男達は気圧されたように手を引き、最初にユエルを見つけた男がこっちだ、と促す。ユエルは以前通った扉をくぐり、廊下を通っていくつかの角を曲がり、『支配人室』とプレートのかかった部屋に連れて来られた。

中に入ると、正面奥の机にイアソンが座り、壁沿いに置かれたソファにチェイスがだらしなく座っていた。二人ともユエルの姿を見ると僅かに瞠目したが、イアソンは穏やかな口調でご苦労さん、と部下をねぎらう。やがてユエルを置いて部下の男達が退室すると、イアソンが口の端を引き上げながら立ち上がった。チェイスもまた、ゆっくりと近づいてくる。

「まずは、おかえり、と言うべきかな」

「思ったよりがんばったな。もう少し待って帰ってこなかったら、迎えに行こうかって旦那と話してたところだ」

　ユエルは視線を落とした。そして頭の中にあった疑念を口にする。

「これも調教の一環だったというわけか」

「まあな」

「あの時、わざと鍵を盗ませたな」

「ああ、そうだ」

　ユエルは眉を顰めた。ここを逃げ出した時は無我夢中だったが、落ち着いて考えてみると、あの状況はあまりにもユエルに都合が良すぎた。イアソンはわざとユエルに鍵を入手させ、逃がしたのだ。

「……何のために？」

「お前は戻ってくると思っていたからな。自分の意思で選んだほうがいいだろう？」

　自嘲の笑みが美しい唇に浮かぶ。すべて、彼らの計算のうちだったというわけだ。

「俺がここに来たのは、それだけが目的じゃない」

「ほう？」

「頼みがある——。お前達の力を貸して欲しい」

　ユエルはリュカ王子の捜索を続けていることと、先日とある店で彼を見かけたことを話した。

「情けないが、俺一人ではこれ以上は手出しできない。けれどこの街に顔の利くお前なら可能だろう」

「その王子様がどこで何をしているのか探れと？」

「そうだ」

「まあ、できなくもないが――――」

イアソンは顎に手を当て、ふむ、と思案気な顔を作る。

「それが俺達に何のメリットがある？」

そう言われて、ユエルはぐっと言葉に詰まった。

「俺の顔を以てすれば、この街に潜り込んでいる奴を探し当てるのはできなくもない。だが相手が悪いな。王族ともなれば、下手に手出しをすればこちらに危険が降りかかってくるかもしれない。何の見返りもないというのではな」

「金なら――――」

「おっと。無粋なことを言ってくれるなよ。金なんてもう別に欲しくはない。自分の才覚で稼げるからな」

イアソンはユエルの前に手を掲げてそう告げた。確かに、この館が生み出す利益は相当なものだろう。この男のことだからその他にも収益を得ているのかもしれない。ユエル個人の財からの報酬も、彼にとっては魅力的ではないのだ。

「……それなら」

　ユエルは両の拳を握りしめる。心臓がばくばくと音を立て始めた。顔に血が昇ってカアッと熱くなる。彼らにとって価値のあるもの。彼らが褒めてくれたそれを。

「それなら、俺を――、俺を、好きにしていい」

　これがユエルが差し出せる最大限のものだった。この街では、ユエルは他に何も持っていない。

「どう思う、チェイス」

「俺はいいと思うけどね。この街じゃ欲が何よりも価値のあるもんだ。けど、その前に逃げ出した仕置きをしなきゃいけないんじゃねえの？」

「っ」

　ユエルはビクッ、と身を竦ませた。おそらく何らかの制裁は加えられると思っていた。だが、どうしてだろう。身体の芯に熱が灯り始める。

「そうだな。いいかユエル。この街の娼婦は、逃げ出すとそれはひどい仕置きが待っているんだ。これはこの街の掟だからな。仕方がない」

「……覚悟は、できている」

「何か期待してるって感じだけどな」

「違う」

　ユエルの否定など聞こえていないようにチェイスが近づき、背後に立った。その大きな手がマントの隙間から忍び込み、臀部を撫でられる。割れ目を辿られたかと思うと、指先がくっ、と双丘に潜り込んだ。思わず声が出そうになる。

「一人でいる時、誰かをここに咥え込んだか？」

　ユエルは強くかぶりを振った。

「なら、自分で抜いたか？」

「それも、してない」

　震える声で答える。

「驚いたな。本当にずっと我慢していたのか？」

　イアソンが驚愕したように言った。何度も頷くと、チェイスがふうん、と鼻を鳴らして指を深く押し込んだ。がくりと膝から折れてよろめきそうになると、正面からイアソンが支えた。

「お前を今夜のショーに出してやろう」

　ユエルは瞠目してイアソンを見上げる。以前に見た、手酷く犯されていた男の姿が甦る。あんな目に遭わされるのか。

「心配するな。ちょっとしたお触りだけだよ」

　彼はそう言うが、そんな生やさしいことで終わるとは到底思えなかった。

「……そうしたら、協力してくれるのか」

「勘違いしてくれるなよ。これはお前に対するお仕置きだ。だが、そうだな。お前がいい子にして素直だったら、手を貸してやろう」

イアソンの言葉がぐるぐると頭の中を回る。だがどのみち自分には選択肢がないのだ。

「わ、かった」

言葉を途切れさせながらも、ユエルは頷く。

「お前達の言う通りにする。ショーでも何でも出すといい」

そう言うとイアソンは優しげな笑みを浮かべ、ユエルの頭を撫でた。

「いい子だ」

「ずっと我慢してたんだろ？　エロい客達が気持ちよくしてくれるからな」

「……っ」

身体から力が抜けていく。ユエルは自分が再び彼らの手に堕ちてしまったことを自覚するのだった。


夜も更けた頃、『フレイヤの涙』は最も賑わいを見せる。そして遊技場の酒場に設えられた舞台の上では、ユエルが一糸纏わぬ姿で客達の前にその肢体を晒していた。左右の手は皮の拘束具を嵌められ、天井から鎖で吊されている。

ユエルは固く目を閉じていたが、客席から無数の視線が肌の上を舐めるように這い回っているのがわかった。消えてしまいたいほどの羞恥と屈辱に苛まれているのに、肌も、その内側も火で炙られているように火照っていた。

ユエルの側にイアソンが立ち、客に向かって声をかける。

「今宵の出し物は特別です。彼は今までこの館で調教を受けていたのですが、先日脱走をしました。ですが今日、自ら戻ってきたというわけです。肉の味を忘れられなかったのでしょう」

イアソンの言葉に、客達が淫靡な笑いを漏らすのが聞こえた。

「脱走には仕置きをしなければなりません。なので、千バークをお支払いいただいた方に、彼を弄ぶ権利を差し上げましょう。ルールはひとつ、ご自身のものは挿入は禁止とさせていただきます。その他は触るも舐めるも自由、道具はこちらで用意したものをお使いください」

反対側から台が運ばれて来た。恐る恐るそちらに目を向けると、男根を模した張り形や鳥の羽根、液体が入った瓶、そして用途のよくわからないものが並べられている。ユエルは思わず顔を背けた。

「では、ご希望の方！」

イアソンの声に何人もの手が挙がる。彼らは紙幣を払うと、次々と舞台上に上がってきた。

「……っ！」

ユエルは思わず身を竦ませる。これから自分は抵抗もできないまま嬲られるのだ。

「それでは、ごゆっくりお楽しみください」

イアソンは恭しく頭を下げる。次の瞬間、客達の手がユエルの肌に群がるのだった。


「ああっ、は…っ、ぅあぁぁあ…んんっ」

薄暗い店の中、いくつものランプの明かりでユエルの肢体があやしく照らし出される。身体中に男の手を這わされ、撫で回されて、淫靡な快感にずっと喘いでいた。

尖りきった乳首は両方とも指先でかりかりと刺激されている。ただでさえ弱いそこを休みなく弄られ、甘い刺激がじゅわじゅわと全身に広がっていった。

「どうだ、ここは気持ちいいだろう。たっぷり虐めてやるからな」

「んあっ、あああぁ…っ！」

そう言ってこりこりと揉みしだかれ、腰の奥がきゅううっと引き絞られるような快感が走る。

脇腹と腋下にもくすぐるように指先が這わせられ、たまらない刺激に何度も背を反らした。

背中には鳥の羽根が襲いかかっている。敏感なそこを何度も羽根で撫で上げられ、その度にびくびくと上体をわななかせてしまう。

「なんて敏感な身体だ」

「こんなに反応がいいともっと虐めたくなるな」

「あっ、あっ！　そ、そこっ……！」

「んん？　どこだ？」

「多分ここだろ」

身体中を嬲られる刺激にそそり立つ肉茎を口の中に根元まで咥えられた。

「あんんっ！　んんう――――っ！」

身体の中心を強烈な快感が貫く。ねっとりと舌が絡みつき、裏側の感じる部分を舌全体で扱かれるように舐められた。

「あっ、あっくうう…っ、い、いく、あ、イく…っ！」

「やっぱりここはひとたまりもないか」

「でもまだ駄目だ。お仕置きだからな」

ユエルの肉茎の根元が指でぎゅう、と戒められる。甘い苦痛が股間から突き上げてきた。

「あ、あううっ」

絶頂の階段を駆け上ろうとする身体を強引に押し留められる。それなのに遠慮なく口淫は続けられた。先端のくびれの部分を舌先で舐め回され、そうかと思うと吸いつかれる。

「んあっ、ああぁぁあ」

もどかしさの混じった快感に身を捩っても愛撫の手からは逃れられない。そうしている間にも双丘が押し開かれ、奥の窄まりを露わにされた。ヒクつく後孔に香油を纏った淫具が押し当てられる。

「お待ちかねだ。中を虐めてやろう」

「んんっ、うあ、あっ、あううんっ」

淫具の先端がぬぷりと入ってくる。久しぶりの感覚に身体が総毛立ち、それを味わおうと締めつけた。

「こら、あまり締めつけるな。動かせないだろう」

男が淫具を小刻みに動かす。内壁を振り切るようなその動きはユエルにたまらない快感をもたらした。

「あ、あっ、あっ、あっ！」

嬌声が舞台の上に響く。客席にいる者達はユエルが嬲られている様子を固唾を呑んで食い入るように見つめていた。

「あ、や…っ、い、イけないのは、嫌だ……っ」

以前イアソン達に寸止めされ続けた時の甘い苦悶を思い出し、ユエルは必死で首を振った。

こんなに異様な快感に襲われているのに、達することができないなんてどうしたらいいのかわからない。

「く、う――…っ」

上りつめようとするのを無理やり抑えつけられ、ぶるぶると全身が震える。

「よしよし。イきたいよなあ？」

「ひ、ああ…っ」

何度も絶頂を迎えそうになるのにはぐらかされる。あるいは強引に押し留められる。そんなことを繰り返されるとおかしくなってしまいそうだった。自分の身体のいたるところからくちゅくちゅと卑猥な音が聞こえてくる。そして焦らされる快楽に悶えるユエル自身をいくつもの目が見ているという状況。

「あ、あ…あ、ああっあっ！」

興奮で脳が灼き切れてしまう。ユエルは汗に濡れてあやしく光る肢体をくねらせて哀願(あいがん)した。

「んんあぁっ、た、頼む、から…っ、い、イかせて、出させ、て、くれ…っ！」

ユエルは肉体の欲求のままに声を上げた。それは自分の欲望を肯定し、認めるものでもあった。

「そんなにっ…、されたら、気持ちいい、から、イく…っ！　あ、イきたい、イきた…っ！」

長い年月の間秘められていたユエルの本気の痴態に、ただの客である男達が逆らえるはずもなかった。股間のものの根元を封じていた男が指を緩め、その途端に身体が燃えるような極みが込み上げてくる。ユエルは全身を反らし、悲鳴のような声を上げて達した。

「あぁあっ、んんあぁぁああ…っ！　〜〜〜っ」

噴き上げた白蜜はすべて男に呑まれる。その男を押しのけるようにして次の男が脚の間に陣取り、達したばかりのものに舌を這わせた。

「う、ふ…あ、くああ…っ」

まだ絶頂が治まらないうちに新たな刺激を加えられ、つらいのか気持ちがいいのかわからなくなる。

「あっ、イく、イくっ、ふぁああ——…っ！」

何かの堰が切れてしまったように、極みは容易く何度も訪れた。ユエルは感じるままに声を上げ、身体を震わせて吐精する。狭い精路を白蜜が勢いよく駆け抜けていく感覚がたまらなかった。

「あああ…っ、出すの…っ、気持ちいい……っ」

「そうかそうか。じゃあ何回も出させてやろうな」

身体中を愛撫する男達の行為はさらに卑猥さを増していく。だがその時、ユエルの後孔を淫具で嬲っていた男が、内部からそれをずるり、と引き抜いた。

「あう、ううんっ」

喪失感に思わず声を上げたユエルだったが、次に男がとった行動に思わずぎくりとした。男は自らのものを取り出し、ユエルに挿入しようとしている。

「あ、あっ、待っ……」

「なあ、いいだろう？　ちょっとくらい。限界なんだ」

それはしない約束のはずだった。ユエルは抵抗しようとしたが、拘束され、男達に群がられた状態ではどうにもならない。男のいきり立ったものが後ろに当てられる。

（挿れられる――――！）

その時だった。ユエルの背後からいきなり男が引き剥がされる。

「お客さん、困るんですよ。挿入はナシって言ったでしょ」

チェイスが男の首根っこをひっ捕まえていた。軽い口調だが、有無を言わせぬ響きが含まれている。

「い、いいじゃないか、追加で金は払う。な⁉　それならいいだろ⁉」

「駄目だっつうの。あんた出禁な」

男は股間から自分のものをだらしなく出したままでチェイスに引きずられていく。彼がドアを開けて男を放り出す様を、潤んだ視界の中でぼんやりと見ていた。

そちらに気を取られていたユエルだったが、新たに後孔に加えられる刺激に思わず声を上げる。

「んあああっ」

「挿入は駄目でも、舐めるんならいいんだろ？　ああ、可愛く縦に割れている」

「ふあっ、あっ、あっ！」

ぬめぬめとそこに這わせられる舌の感覚は肉洞をじくじくと感じさせた。

（ああ……中が切なくなる……っ）

恥辱と快楽の時間はまだまだ終わりを迎えないらしい。全身の快楽にまた理性を蕩けさせながら、ユエルは自分が屈服したことをわからせられるのだった。

あれだけ店内を埋めつくしていた客はもう一人もいなかった。その中でユエルは、まだ拘束具に繋がれ、がくりと項垂れていた。身体はまだ火照っている。金を払った客全員に長時間弄ばれ、何度達したかわからない。最後の一線は越えなかったとはいえ、身体の芯に絡みつくような気怠さが纏わり付いていた。

茫然自失となっていた意識が少し冴えてくる。それはこちらに近づく男の気配を感じ取ったからだった。

「……っ」

まだ残っている客がいるのか。まだ弄ばれるのだろうか。そんなふうに思って微かに目を開けた時、すぐ側にイアソンとチェイスがいるのに気づいた。

彼らは無言でユエルを眺めている。また何か恥ずかしいことを言われるのだろうか。ユエルが身じろぎした時、突然イアソンに首の後ろを掴まれ、深く口づけられた。

「んん、んっ……！」

敏感な口の中を舐め上げられ、舌を吸われて、また身体の底から熱さが込み上げてくる。あれだけイったにもかかわらず、仕掛けられると容易く燃え立ってしまうのか。それとも、これが彼らだからなのか。

「ふあっ……」

「よくがんばったな。お仕置きはこれで終わりだ」

「あんまりお仕置きにならなかったみたいだけどな」

ユエルは思わず恥じ入ってしまう。あの痴態を彼らはつぶさに見ていたはずだ。ユエルが快楽に屈服し、自ら求めるところを。

「ま、そのせいで俺達も気づくことができた」

「……？」

何を、と尋ねる間もなく、ユエルの片脚が持ち上げられた。そして蕩けきった後孔にイアソンの男根が捻じ込まれる。

「ん、ああ――――！」

ずっと飢えきっていた場所に欲しかったものが遠慮なしに這入ってきた。その質量、熱さ、固さ。それらが柔らかい肉洞をごりごり擦り上げ、ユエルはその刺激に耐えられない。

「あ、あぁぁぁあ」

ひとたまりもなくユエルは達した。肉茎の先端から白蜜が弾ける。肉洞とは別の射精の快感に奥歯を噛みしめていると、また別の感覚が後ろに襲いかかった。

「あっ……あっ⁉」

イアソンを受け入れているのと同じ場所にチェイスも這入り込もうとしている。彼らが何をしようとしているのかわかってしまって、ユエルの身体が戦慄した。

「や、嫌だ、そんなっ……！　やめろ、無理だっ…！」

「無理じゃねえって。今までちゃんと調教されてきたろ？」

「誰にでもできることじゃないのは確かだ。けど、お前ならできる」

何を根拠に、とユエルは一瞬思う。けれどこれまで彼らにされてきた行為で、自分はいったいどんな痴態を晒してきたか。それを思うと否定できない気持ちになる。

「うう、あ！」

そんなことを考えているうちに、更に強い圧力が後ろにかかった。そうして恐るべきことに、ユエルの肉環は少しずつ二本目の男根を咥え込もうとしているのだ。

「う、嘘…だ、あ、あっ！　――――〜〜〜っ！」

ずるり、とチェイスのものが這入ってきた。その瞬間にユエルの肉体を支配したのは、苦痛ではなく快楽だった。しかも、強烈な。

「んぁああっ、あっあっ、んう――――…っ！」

立て続けの絶頂がユエルを襲う。二人の男に挟まれた肢体を仰け反らせ、肉茎の先端から白蜜を噴き上げ、ユエルは達した。

「くう、さすがにきちぃな…っ！」

「タイミング合わせろよ」

「わかってるよ」

「どうだ、ユエル。……悪い気分じゃないだろう？」

強烈すぎる極みを味わわされた後で身体がびくびくと痙攣している。イアソンの言う通り、それはまぎれもない愉悦と恍惚だった。

（俺はこんなことをされても悦んでしまうのか）

激しい羞恥がユエルを襲う。それでも、自分を嫌悪する感情は生まれなかった。彼らの言う通り、自分には淫らな側面がある。だとしたらそれを受け入れて生きていくしかないのではないか。

何度も何度も曝かれ、ユエルはようやっとそれに目を向けようとしていた。プライドを打ち砕かれ、倫理観や思い込みを崩されなければわからなかったこと。

「……っふ、あ……っ」

ユエルの口から甘いため息が漏れる。ほんの少し腰を動かしただけでも体内で二本の男根に擦られ、痺れるような快感が込み上げた。

「あ、あ、んうぅ……んっ」

たまらずに少しずつ下肢を揺らす。そのねだるような動きに、男達の口元に笑みが浮かんだような気がした。けれどもうわからない。ユエルはもう、肉体の奥底から込み上げてくる欲求に抗えない、抗いたくなかった。

「よさそうじゃねえ？」

「そうだな。行くぞ――。そらっ」

ずぷん、と中で男根が動く。彼らに交互に突き上げられて、ユエルは正体をなくした。

「あああっ、ああっ、ん、あ…ア、あっ、い…いぃ……っ！」

喜悦の声を上げながら身をくねらせる。肉洞の中でひしめき合う男根に感じる粘膜をすべて刺激されていく。弱い場所を同時にごりごりと抉られ、ユエルはほぼ達したまま降りてこられなくなった。

「ひ、あ……あっ！　ああっ！　あっいく、また、イくぅ――……っ！」

泣き喚きながら何度極めたのかわからない。床の上に滴り落ちた白蜜が溜まる。気がつくと彼らも荒い息をついて夢中でユエルを貪っていた。彼らが必死になってくれていることが嬉しいと、ふと思う。

「だ、し…て、なか、いっぱいいぃ……っ」

「ああ、たっぷり出してやる。受け止めろ」

「思いっきり注いでやるかんな……っ」

次の瞬間、どちゅ！　と最奥を突かれた。全身にぶわっ、と暴力のような快感が広がり、意識が真っ白に染まる。自分がどんな声を出しているのか、もうわからなかった。

「あ、ア！　――――っっ、〜〜〜っ！」

奥の奥に注がれる感覚。孕（はら）んでしまうのではと思った。二人分の男の精が媚肉（びにく）に染みわたりユエルを侵（おか）していく。

（気持ちいい）

肉体の快楽だけではなく、屈服させられる悦びがあった。内奥の固い扉が開いて何もかもが解放されていく。

まるで自分が消し飛んでしまうような感覚に溺れながら、ユエルはうっとりと熱い息を吐いた。

　男が検分する視線でユエルを眺めている。顎を捕られ、まじまじと見つめられて微かに眉を寄せたが、ユエルはじっと男を見つめ返した。手が離れ、男は気まずそうに咳払いをする。

「顔はいいな。身体を見せてもらおうか」

「もちろん」

　ユエルの後ろでイアソンが答えた。

「見せてやりな」

　チェイスに促されて自らの服に手をかける。一枚一枚脱ぎ落とし、最後の一枚を脱ぎ捨てると、ユエルは微かに頬を染めてふいと横を向く。

「……これは……」

　男は感心したように呟いて、黙り込んだ。肌の至る所に男の視線が絡んでくる。

「最近うちで拾ったんだ。みっちり調教はしてある」

あの夜から数日後、イアソンは自分の持っている情報網をフル活用してリュカ王子の件を調べてくれた。すると、数ヶ月前にやけに身なりのいい男がふらりと現れ、いつの間にか街に住み着つくようになったという。

その男は怖い物知らずで、街の輩をあっという間に懐柔して手下にしてしまったそうだ。そして街の大店に入り込み、何やらやっているという。

「噂だけは把握してたんだけどな。一応泳がしておこうと思って、手は出さないでいた」

「どうやって近くに行く…？」

「そりゃあお前が潜り込むしかねえだろ」

「手管は教えてやったろう？」

最初意味がわからず、ユエルは首を傾げた。だが次の瞬間に得心してしまって、言葉を詰まらせる。

「それは、まさか……！」

「王子様らしき男がいる店はうちと同じで娼館と酒場を兼ねている。となれば、娼妓として潜り込むのが一番確実だろうな。内部にも入れるし」

「そんなすぐには客は取らせないはずだぜ。二、三日は見習いってことで雑用なんかやらされるはずだ。この屋敷もそうだしな」

「つまり、その間にカタをつけないといけないということになる」

「……」

ユエルは唇を噛んだ。その店に潜り込めたとしても、与えられた時間は短い。それを過ぎればユエルは娼妓として店に出されてしまうだろう。あるいはまた、卑猥なショーに出させられるかもしれない。

「わかった。それしか方法がないのなら」

本来であれば潜り込めるだけでも大収穫のはずだ。ここはイアソンに感謝するしかない。

「俺が言うことじゃないが、できれば何もされずに戻って来いよ」

ふいの言葉にユエルはイアソンを見つめる。

「ずっと手元に置いておきたいなんて思ったのは初めてだ」

「……」

思いがけないことを言われて、ユエルの鼓動が駆け足を始めた。それはどういう意味なのだろうか。

「旦那もとうとうヤキが回ったってわけだ」

「お前も同じだろうが、チェイス。俺は知っているぞ」

イアソンをからかうような口調で言ったチェイスだったが、言い返されて急にバツが悪そうな表情になった。

「バレたか」

彼らはいったい何を言っているのだろう。これまで彼らはユエルの肉体を曝くことが目的だと思っていたのに。

「ユエルがあんまりエロすぎて俺もすっかり夢中になっちまった」

チェイスの照れくさそうな表情は、今まで見たことのないものだった。ユエルは自分の肉体を拓いた男達に対して、胸の奥が疼くような、くすぐったいような気持ちが芽生えていることに気づく。

「こんな時に、そんなことを言われても」

「ああ、まあそうだろうな。気にするな。俺達が勝手に思っているだけでお前も同じように思えなんて言わない」

「俺達も自分のしたことくらいはわかってるつもりだよ」

なんだそれは。

勝手に自分達の言いたいことだけを言わないでほしい。

彼らはいつもそうだ。そちら側の事情だけで、ユエルを翻弄する。あの時も、今も。

(では、俺はどうなのだろう)

わからない。何もかも初めてのことだから。ただ、彼らのしたことがユエル自身の頑なだった何かを壊したのは事実だった。

やるべきことを終えたらちゃんと考えたい。

それまでは、ひどく複雑なこの問題の答えを導き出すことはユエルには難解なことだった。

「――――いいだろう。うちで預かってやる」

男の声にユエルはほっとした。急いで脱ぎ捨てた服を拾い、身につける。

「なんだ。まだ初々(ういうい)しいんだな」

「それが売りでね」

男は背後の戸棚から書類を出し、イアソンの前に放ってよこす。

「一応契約を交わしとく、サインしな」

イアソンはペンをとって署名した。おそらく売買契約書のようなものだ。ユエル自身のサインは求められない。ここでは人がそんなふうに売り買いされるのだ。

「ようこそルイズ。『天使の堕落』へ。俺はバーナード。今日から俺がお前の主人、雇い主だ」

ユエルは薄く笑みを浮かべる。それが初めてしてみせた、意識的に男に媚びるための仕草だった。

与えられた部屋はイアソンの屋敷のそれよりも殺風景で手狭なところだった。だが、個室をもらえただけ幸運だろう。誰かと一緒の部屋よりも、一人のほうが格段に動きやすい。さて。もう今から早速動かねばなるまい。時間はあまりない。バーナードの話では、三日後から客をとらせるということになっている。

ユエルはベッドから立ち上がり、ドアを開けてそっと廊下を覗き込む。まだ早い時間のせいか、静かだった。他の娼妓はまだ寝ているのだろう。

部屋を出て廊下を歩く。階段を上がるとまだ上があった。先に進もうとすると、ふいに後ろから声をかけられる。

「どこに行くんだ？」

ユエルは思わず振り返った。

「そっちに行ったら折檻（せっかん）されるよ。支配人達の部屋があるから、俺達は上がるのを禁じられているんだ。もうすぐ営業が始まるからそろそろ部屋に来ていると思う」

等間隔に並んだ扉を開けて顔を出したのは、ガウンを纏った栗色の髪の青年だった。おそらく彼もここで働く娼妓なのだろう。

「……教えてくれてありがとう。今日ここに来たばかりなんだ。危なく折檻されるところだった」

「そうなのか」

親切な青年は、ユエルを見ると眩しそうに二、三度瞬いた。

「俺はミリウム。君は？」

「ルイズ」

「そうか、ルイズ。君は綺麗だからきっと売れっ子になるよ」

「だといいな。……『支配人達』ってことは、上にいるのは支配人だけじゃないのか？」

「ああ……」

ミリウムはちらりと目線を上げる。

「よくわからないけど、もう一人いるみたいだよ。俺もちらっとしか見たことがないけれど、なんだかこの街にはめずらしい感じの振る舞いの人だった」

「その人は、いつ頃ここに来た？」

「いつだったかな……。多分半年はいってないと思うけど」

ミリウムの言っている人物は、かなりリュカ王子に近いような気がした。だが、これ以上深く聞いてはあやしまれるだろう。

「ありがとう。ここでうまくやっていけるよう、気をつけるよ」

ユエルはそう言うと部屋に戻った。ベッドにどさりと身体を投げ出し、天井を睨む。

イアソンが調べてくれたこととミリウムの言っていたこと、それらを繋ぎ合わせて、おそらくリュカ王子はここにいるだろうと思った。

（後は証拠を探し出すだけ――）

とは言っても、それが一番難しい。

今日はもう動けないだろう。もうすぐ営業が始まる。ユエルも三日後には客をとらされる。

イアソンは『本当にヤバくなったら助けてやる』と言っていたが、それも当てにはできない。

自分一人でやるしかない。

（もしも任務が果たせたら、その後は）

ユエルはふとそんなことを考える。だが、それ以上を思うのをやめた。

もう終わった気になってどうする。この後のことは、すべてが成功してからだ。

ユエルは自分に言い聞かせた後、瞼を閉じた。


次の日、ユエルはまた人気（ひとけ）のない廊下に顔を出した。

ミリウムが言うには、支配人とリュカ王子は夕方、営業が始まる頃に在室している。ということは今の時間はまだ上にはいないということだろう。

足音を忍ばせて廊下を進む。ミリウムの部屋の前を通る時は特に緊張したが、今日は彼が出てくる気配はなかった。

昨日は行けなかった階段をゆっくりと上る。上り切ったところには廊下を挟んでふたつの部屋があった。そのうちのひとつには『支配人室』とプレートがかけられてある。支配人とはあのバーナードのことだ。では、反対側の部屋の可能性が高い。

ドアに耳を当てて中の様子を窺う。物音や人の気配は感じられなかった。

扉の把手に手をかけると、鍵はかけられていなかった。ユエルはほっと息をつく。施錠されていたらまた別の手を考えなければならなかった。

音を立てずにドアを開けると、部屋の中には机とチェスト、書類棚などが置かれているのが目に入った。想像していたよりも殺風景な部屋だ。仮にも王族が使っている部屋ともなれば、もっと調度などに気を配るのではないかと思っていたからだ。

だがここは事務作業などに使っている部屋なのだろう。夕方以降しかいないということは、生活に使っている部屋は別にあるということか。

ユエルは書類棚の書類を手に取り、素早く目を通した。まだ昼間とは言え、いつ誰が来るともわからない。なるべく早く証拠を見つけないとならなかった。

だが棚にある書類を全部見てもそれらしきものは見つからない。ユエルの胸に焦りが生まれる。次にチェストの引き出しを開け、無造作に中に入っている紙の束を確認した。何枚かめくったところで、ふいにユエルの手が止まる。

「……これは……」

隣国であるステルノ王国からの輸入証明書。項目には大量の植物の名と、いくつかの薬品名が書かれてある。そして備考欄に記されている『女神の蜜華』の文字。

（見つけた）

これは女神の蜜華の原材料だ。これらを輸入し、作成はこの国の中でやっていたのだろう。

これは立派な証拠になると思った。リュカ王子はこの街に潜伏し、秘密裏に原材料を取り寄せていかがわしい媚薬を作っていた。

だが、何のために？

「――おやおや。どうやらこの娼館はコソ泥を雇ってしまったようだな」

「！」

ふいに聞こえた声に、ユエルは咄嗟に振り向いた。

部屋の入り口にすらりとした体格の男が立っている。短い赤味を帯びた栗色の髪で、生まれながらに身についていると思われる尊大な態度。

「……リュカ殿下」

リュカ・ソーン・アルテュール。アルテュール王国の第四王子である。

「父の差し金か?」

「殿下、いったい何故このようなことを」

リュカは下働きと思われる男達と、バーナードを伴っていた。

「やはり俺の言った通りだったろう? すぐに尻尾を出すと」

「はい。さすがでございますな。リュカ様のおっしゃる通り、泳がせておいて正解でした」

その会話にユエルは瞠目した。彼らはユエルがここに潜入しに来たということを知っていたのだ。

「どうして、と言ったな」

リュカは酷薄そうな笑みを浮かべて話し出した。

「王宮の中では僕の未来はたいしたものにはならない。王位継承権からも遠く、せいぜい兄上達の手伝いをさせられるのが関の山だ。それくらいならば自分の手で何かを成してみたいと思ったんだよ」

要職にもつかせてもらえない。腐りかけていたある時、たまたま訪れていた商人から『女神の蜜華』の闇ルートの話を持ちかけられた。

「よほど僕が退屈していたように見えたんだろう。一度だけなら、とやってみたら思いのほか成功し、それが広まる様をこのアスモデウスで見てみたいと思った」

リュカは自分の功績を得意げに語ってみせた。

「ルイズと言ったか。僕の商才はなかなかのものだと思わないか？」

「……今すぐお父上にすべて詳らかにしてお詫びするのです。今ならまだ許していただけましょう」

「知ったような口を利くなよ」

リュカは嫌悪の表情を浮かべて言った。

「その融通の利かなさ。おおかた聖騎士といったところか。どうせ何も考えずに命令に従っていれば済むと思っているのだろう」

痛いところを突かれた。確かに以前のユエルならそうだった。ただ疑いもせずに命令に従い高潔さだけで生きていこうとした。そんなことができるはずがないのに。

「リュカ様。そいつはイアソンのところから流れてきた奴です。ちゃんと男を知っている身体をしていましたよ」

「……へえ」

バーナードの言葉に、リュカはたちの悪い笑みを浮かべた。

「任務のためとは言え、聖騎士がよくそんなことができたものだ。聖騎士となればそれなりの家柄だろうに。外部に知られたら大変なことになると考えなかったのか？」

リュカはほとんど王宮の公務にも出てこなかったためか、偽名とはいえユエルが王族の血筋に連なる者だということを知らないのだ。あまり周りにも興味がなかったのかもしれない。彼の関心はひたすら自分に向いていた。

（王族であれば、平民にはできないことでも可能なこともあるだろう。それなのに、この方には民のことが見えていなかった）

「私のことは大した問題ではありません。ですがアルテュールには殿下が必要です。陛下もお心を痛めておられました。それがおわかりにならないのですか」

怯まずに忠言を重ねるユエルだったが、リュカはうるさそうに片眉を上げる。

「そこまで父上に忠誠を尽くすとは大したものだ。ああ、それとも……ここの水が合ったか？」

見透かすような目を向けるリュカにユエルはぎくりとした。あの二人の姿が脳裏に浮かぶ。

「案外、真の自分を見つけたのではないか？」

確かに彼らはユエルの中の鬱屈を解放してくれた。きちんとした、完璧な自分でなくていいのだと。

「それも含めてゆっくりと聞こうか」

リュカの周りにいた男達が動く。それらはユエルを捕らえようと近づいてきた。

「――――！」

反射的にユエルは最初に手を伸ばしてきた男の腕を掻い潜り、体術で転がす。次の男も身体を捻って投げ飛ばした。正体がばれた以上、もうここにいるわけにはいかない。王宮に戻り、報告をしなければ。

「ええい、何をやってる！」

男の一人が手にしていた棒をユエルの足下を狙って投げた。それはユエルの足首に絡まり、一瞬身体のバランスを奪う。かろうじて倒れるのを堪えたが、その隙に飛びかかってきた男達に腕を取られた。咄嗟に蹴り上げようとするが、その脚も掴まれてしまう。

「ええい、大人しくしやがれ‼」

「っ……！」

武器も持たないユエルは多勢に無勢だった。床に押しつけられ、捕らえられた両腕に縄をかけられる。

「服を剥げ。そいつに思い知らせてやることがある」

リュカの命令によって、ユエルの衣服が剥ぎ取られた。抗ってもどうしようもなく、はだけられた上半身の服を残し、無防備な下半身が晒される。腕を組み、壁に背を預けたリュカの前でユエルの両脚が広げられた。羞恥と屈辱に唇を噛む。

「殿下。あまり無茶はしないで下さいよ。後で店に出すんですから」

「わかっている」

バーナードに釘を刺されるも、リュカは薄く笑ってユエルを見下ろした。剥き出しにされた後ろを覗き込むと、悪戯を思いついた子供のような顔になる。

「バーナード、木馬に乗せてやれ」

「はっ。……おい！　持ってこい！」

バーナードが男達に声をかけると、すぐに一人が部屋を出て行った。ほどなくして大型の器具を抱えて戻ってくる。それは木製の遊具のようなものだった。子供が乗って遊ぶ木の馬のような形をしているが、目の前に置かれたものは大人が乗る目的であることは明確だった。何よりも座る位置に、グロテスクな張り形が取り付けられている。それがどんな用途で使われるのか理解してしまったユエルは思わず瞠目した。

「聖騎士ともなれば、馬を乗りこなすのもお手の物だろう？　見せてくれないか」

「……悪趣味ですよ、殿下」

「こんな悪趣味な街にいるというのに、今更何を言っているんだ？」

乗せろ、と短く命じられて、男達がユエルの身体を持ち上げる。

「せめてもの情けだ。張り形を香油で濡らしてやれ」

木馬の張り形に香油がたっぷりと振りかけられた。濡らされたそれはてらてらとぬめり光って、まるで本物の男根のように見える。

あんなものに乗せられたら――――。

（耐えられるだろうか。俺に）

淫らに躾けられ、自身の内なる欲求に気づいてしまった肉体が無体な行為に抗えるとは考えにくかった。その上に乗せようとする男達の手に抗ったが、前をきつく握られてしまい、思わず声を上げる。

「んあ、あっ！」

その隙に肉環に張り形の先端を当てられてしまい、身体を降ろされた。ずぶずぶと否応なしに挿入っていくそれに、一気に身体が総毛立つ。

「うあぁっ、あ、ア、あ！」

ぞくぞくと背中がわななく。乗せられてわかったが、木馬は基底(きてい)の部分がバネ状になっており、ユエルが跨(また)がることによってゆらゆらと揺れる。その動きによって張り形が内部をあやしく刺激してくるのだ。

「んっ、う、ううう……っ！」

込み上げてくる快感に唇を噛む。思わず中を締めつけると、張り形についた絶妙な凸部分がユエルの感じる場所に当たった。

「その木馬に半日も跨がっていると、どんな処女でも愛液を垂れ流し、白目を剥いてイきまくるらしいぞ」

「……っ！」

ユエルは奥歯を噛みしめるようにして耐えた。中を刺激しないように必死で動かないように努めても、そのためには下半身に力を入れなければならず、必然的に後孔を食い締めてしまう。

おまけに周囲にいる男達がおもしろがるようにユエルの身体をこづいてくるのだ。

「あっ…あっ……！」

張り形を咥え込んでいる肉環がひくひくと蠢く。次第にじっとしていることが難しくなり、意思とは無関係に腰が揺れた。

「自分からケツ振ってきたぜ」

「こうなったら堕ちるまで早いな」

周りの男達の揶揄するような声が聞こえる。いつの間にか鞭を手にしたバーナードが近くに寄ってきて、その細い先端でユエルの背中を撫で上げた。

「…あ……っ」

「お前、王国の聖騎士様だって？　なのにこんな目に遭って悦んで、恥ずかしいと思わねえのか」

鞭がびしり、と軽く肌を打つ。痛みが衝撃となって体内に響いた。それは確かに苦痛のはずなのに、快楽に変換されてしまう。

「んんっ！」

「俺もこの街に来て長いからなあ。お前が上玉だってことはわかるさ。聖騎士のお役目なんかより、この街にいたほうが楽しいだろう？　ここの娼館で一番を張らせてやる。だからそんな任務なんか忘れちまいな」

バーナードはそう言いながら、嬲るようにユエルの肌を打ち、軽い痛みを与えた。その度に身体の底から焦げつきそうな興奮が込み上げてくる。悦んでいるのだ。叩かれることに。

「ずいぶん気分がよさそうじゃねえか、ええ?」

「んああっ」

今度はもう少し強く尻を打たれた。ジンジンという感覚が内部の快楽と混ざり合ってユエルを悶えさせる。肌が上気し、汗でうっすらと濡れていく。その光景は見る者に劣情(れつじょう)を催(もよお)させた。

「百戦錬磨の俺でさえ変な気分になっちまう。なあ?」

「っ」

鞭を使ってぐい、と顔を上げさせられる。

「ツラもお綺麗ときたもんだ。俺がこの街一番の淫売に仕立てあげてやるよ」

ユエルは快楽に潤ませながらもまだ光を失わない瞳でバーナードを一瞥した。その表情にうっすらと侮蔑(ぶべつ)の色が浮かぶ。

「貴様の手管など、どうということはない……っ」

あの男達の心まで解放させられるような行為と比べれば、こんなものはただの刺激だ。それが周りの連中を煽るようなことだとわかってはいたが、ユエルはそう言わずにはいられなかった。

「ほう」

案の定、バーナードの目がすうっと細められる。

「いい度胸だ。お前みたいなへらず口を叩く奴はたまにいるが、そいつらはどうなったと思う?」

「……」

ユエルが顔を背けると、バーナードは突然両手でユエルの腰を掴んできて強く揺すった。

「っ！ ぅあっ、あああぁあっ！」

張り形が肉洞の中で激しく擦れる。その強烈な快感に思わず悲鳴を上げてしまう。中を強く締めつけた時、張り形の突起が弱い場所をぐりっ、と抉った。

「あっ…あ！ ——〰〰っ！」

声にならない声を上げて仰け反ったユエルの肉茎から白蜜が噴き上がる。

「おお、イったイった」

「でかい口を叩いた割には、ずいぶん気持ちよさそうに出すじゃねえか」

「っ、うっ、くう…うっ」

余韻にわななきながら、ユエルは屈辱と羞恥に顔を歪めた。屈服したくない。そう思っていても全身を包む恍惚に震えが止まらない。

「こんなことたいしたことないって言う奴に限ってな、簡単に堕ちちまうんだよ。今じゃセックス大好きだ」

「ああっ……」

張り形を呑み込んでいる肉環の縁をいやらしく指でなぞられてびくびくと痙攣した。こんなの、ただ気持ちいいだけなのに。

「お前の腕の見せ所だな。バーナード。そのお堅そうな聖騎士を完全に堕としてやれ」

高みの見物を決め込んでいたリュカがおもしろそうに命じる。ユエルは口惜しさに唇を噛むと、これから耐えなければならない時間の長さを思い、覚悟を決めた。


部屋の中にくちゃくちゃという粘着質な音と、木の軋む音が聞こえる。その中に混ざる吐息と濡れたような喘ぎは部屋の温度と湿度を上げているように思われた。

「乳首ビンビンにしやがって」

男達がユエルの乳首を両側から弄んでいる。刺激を受けると簡単に勃ってしまうその突起は指先で弾かれる度に甘い感覚をユエルに送り込んでいた。

「ここ、みっちりくすぐってやるからな」

「あっやめろっ…、んん、あああっ」

乳首や乳暈を思う様虐められ、ユエルの唇から快楽の悲鳴が漏れる。相変わらずぐらぐらと不安定な木馬の上に縛られたまま乗せられているので、悶える度に支点となった後ろに快感が走った。もはやじっとしていることなどできず、ユエルは何度も仰け反り、無意識に腰を揺らしては張り形を味わっている。今やユエルの尻が上下する毎に、繋ぎ目が白く泡立っているのが見えた。

「はっ、あう…っ、あうう、ああああ……っ！　あ――…っ！」

バーナードの手はユエルの股間のものを嬲っていた。耐えきれずに達してしまうと、肉茎の先端からまた白蜜が弾ける。

「どうした。またイってるじゃないか。たいしたことないんじゃなかったのか？」

「――…っ、〜っ」

確かにこの男達がユエルに与えているのは肉体だけの快感だ。だが、イアソン達の絶妙な調教で慣らされた身体は、それすら屈服してしまいたくなるほどの愉悦をもたらしてくる。心よりも先に肉体が負けてしまいそうだった。だが、それはできない。

「ぜん…ぜん、感じ、ないっ……！」

もはや強がりだとはわかっている。それでもユエルは虚勢を張り続けるしかなかった。それが自分に残された唯一の抵抗だから。

「なかなか強情だな」

見物していたリュカが呆れたように告げる。

「そんなものじゃ物足りないんじゃないのか？　いっそお前達全員で犯してしまえ」

ユエルはぎくりと身体を強張らせた。木馬から降ろすために身体を持ち上げられる。

「や、あ、やめ、ろっ……！　離せ！」

ぬぷん、と音がして体内から張り形が抜けていく。その瞬間にユエルの内壁は物欲しそうにひくひくと蠢いた。男を欲しがり収縮する肉洞。

犯される。ユエルはそのことに今更のように抗った。だが度重なる快楽で思うように身体に力が入らない。

「どんなに抵抗したって無駄だ。ここもうとろとろじゃねえか」

「俺達全員でぶっこんでやるよ。中にたっぷり出してやる」

床に這わせられるように押しつけられ、腰を掴まれる。このまま無力に犯されるしかないのか――ユエルは覚悟もできず、目を固く閉じた。

その時だった。

「おい、ちょっと待て――、そっちは駄目だ！」

部屋の外から聞こえてくる声と、遠慮のない足音。次の瞬間、部屋のドアが勢いよく開いた。

「――そこまでだ」

現れたのはイアソンと、そしてチェイスだった。そこにいた者達は突然現れた二人に驚きを隠せない。イアソンはリュカを見て言い放った。

「やはりこちらにおられましたか、リュカ殿下。早々に城にお戻りいただきたい」

「────誰だお前」

「リュカ様、この男は『フレイヤの涙』って娼館のイアソンて奴です。この辺りじゃ少々顔の利く男ですが……。おい、イアソン、何勝手なことしてるんだ」

「勝手なことをしているのはお前らだ」

イアソンの口からこれまで聞いたことのないような冷ややかな声が発せられる。そんな彼にユエルは目を見張った。

「それは俺のだ。返してもらおうか」

「何言ってやがる！　お前がこいつを俺に売ったんだろうが！」

「ああ、すまない。ちょっと事情が変わってな。けどお前さんも話が違うんじゃないのか。無体な扱いはしないっていう約束だったはずだ。契約もそう交わしている。約束を守れないなら返してもらおう」

縛り上げられ、床に押さえつけられて今にも犯されそうになっている場面を見られては男達も言い訳のしようがなかった。だがただ一人、リュカ王子だけがしらけたような顔をしていた。

「リュカ王子も、ここまでにしていただきましょうか」

「……なんだ、お前は」

イアソンの言葉に、リュカはうるさそうに眉を顰めて返す。

「お城にお戻り下さい」

「は？　お前に何の権限がある。僕に命令するな」

当然のように突っぱねたリュカに対し、イアソンは肩を竦めてみせた。

「では、こちらを」

そう言って彼が懐から出したものは、上質な羊皮紙の書面だった。それを目にしたリュカの顔色が一瞬で変わる。

「そ、それは……！」

国王の紋（もん）がくっきりと記された証書。それが何であるか理解したユエルも続けて息を呑んだ。

「特別逮捕令状……！」

リュカが呆然として呟く。

「左様（さよう）です。王族であるリュカ殿下におかれましては、これが何を意味するのかおわかりでしょうな」

国王の紋の入った特別逮捕令状。それは王族をも逮捕できるという強権を持つ証書であり、国王自らが王族を犯罪者として断罪するということで、これが発行されるのは非常に希（まれ）であった。

だが、それを何故イアソンが持っているのか。

「何故お前がそれをっ……⁉」

ユエルの疑問をリュカが口にしてくれた。その令状は王にしか出すことはできず、執行者においても王族か貴族と限られている。

「俺はもともと、この街で生きるしがない一経営者ですが、この歓楽街を統括する役目と同時に爵位をいただきましてね。とりあえず伯爵をやらせてもらっております」

その場にいたチェイス以外の誰もが驚愕した。イアソンは王宮にもいっさい顔を出さず、ずっとこの街を監視し続けていたのだ。街の治安が一定以上悪化しないように。

「ば…馬鹿な！　そんな馬鹿なことがあるものか！」

リュカは顔を真っ赤にし、わなわなと震えていた。

「リュカ王子。違法薬物を密輸した罪と、王宮から出奔した罪で逮捕させていただきます」

イアソンが告げるとそれまで脇に控えていたチェイスが前に出る。リュカはびくりとして飛び退き、その場にいた男達に命じた。

「何をしている！　こいつを殺せ！」

何が起こっているのか理解できず呆然としていた男達はその声にハッと我に返り、下された命令に従おうとした。リュカを捕らえようとするチェイスの前に立ちはだかり、剣を抜いて斬りかかろうとする。だがチェイスはそれらのことごとくを体術のみで倒した。それは一瞬の出来事であり、ユエルの目にも鮮やかだった。彼らは人体の急所に蹴りや拳を叩き込まれ、呻き声すら上げられずに床に倒れていく。

「……っ、くそっ！」

王族とは思えぬような悪態をつき、リュカはその場から逃げだそうとした。だが動きを読んでいたようなチェイスにその場に落ちていた剣の鞘を足下を狙って投げつけられる。リュカは派手にもんどり打って床に倒れてしまった。

その一連の動きに、ユエルは目を奪われるばかりだった。この街の動向を見守る男の懐刀として雇われているチェイスはユエルが思っていたよりもずっと腕が立つのだろう。

「あまり抵抗しないでもらえませんかね。なるべく怪我はさせたくないんで」

チェイスは木製の手錠を手にしながらリュカに近づくと、倒れ伏して呻いている彼の両手にそれをかけた。その瞬間リュカははっとしたように顔を上げ、やがて沈痛な面持ちになって静かになる。

「よし、王宮に連絡してくれ、チェイス」

「了解」

手錠から伸びた縄を近くの柱に縛りつけると、チェイスは足早に出て行った。

「大丈夫か」

イアソンがユエルの許に近づき、縄を切ってくれる。それから床に落ちた服を肩にかけてくれる間、ユエルは自分の手をさすっていた。

もう少し早く来れなかったのかとか、それでも助けてくれてありがとうとか、言いたいことは山のようにあった。

　だがそれよりも、今し方知ったばかりのことのほうが重大だった。

「どういうことなんだ」

「ん？」

「特別逮捕令状を持っていたことだ」

「ああ、そっちか」

　イアソンの言葉には妙に緊張感がなくて、それがユエルを苛立たせた。

「隠し通すつもりはなかった。お前の目的が同じだと知った時から、いずれは話すつもりだったよ。だがここにお前を送り込むことになって、それならまだ黙っていたほうが得策だと判断したんだ」

「俺が情報をばらすとでも思っていたのか」

　言い終えてから、ユエルは内心で「あっ」と思った。自分はすでに色責めによって彼ら自身に秘密を話してしまったようなものだ。今回は本当に知らなかったから話しようがなかったが、快楽に弱いユエルを見ていれば、そう思われるのも仕方がないのではないか。

　だが、ユエルは耐えたのだ。どんな快感を与えられても、バーナード達の言葉に頷かなかったのに。

「……そうか。俺は信用がなかったな」

ユエルは立ち上がった。のこりの衣服を身につけると、直前までの責めによってふらつきながらも部屋の出口に向かって歩いて行く。なんだかひどく空虚な気分だった。

「ユエル」

「事件はこれで解決したのだろう。俺の任務ももう終わったというわけだ」

自分は何のためにここに来たのか。ただ恥ずかしい思いをしただけではないか。

「たいして役に立てずにすまなかった」

「ユエル、違う」

追いかけてくるようなイアソンの声を振り切り、ユエルはその場を後にした。

「――ご苦労だった、ユエル」

　王の間でねぎらわれたユエルは釈然としないままに頭を下げた。

「結局、リュカを逮捕することになってしまった。身内から罪を犯した者が出たことは恥だが、これ以上大事にならなかったというだけでもよしとせねばならんのかもしれん」

「陛下」

　沈痛な面持ちで告げる王に対してユエルは問いかける。

「此度の事件、私の手柄ではございませぬ」

「ん……？　ああ、まあ、そうか。しかしまあ、いいだろう」

　なんとも歯切れの悪い言葉を漏らす王に、ユエルは思わず眉を顰めずにはいられなかった。

「最初からご存じだったのですね」

「なんの話だ」

　王はあくまでもしらばっくれようとするようだ。

「イアソンなる男が、あの街に潜伏していたことです」

「儂が任命したわけではない」

「あの男は特別逮捕令状を持っていました。それはいかなる理由においてでしょうか」

ユエルが真っ直ぐに王を見つめて問うと、彼はため息をついて言った。

「あの男はなかなか動かなかった。そなたの助けが必要だったのは本当だ」

アスモデウスという街を管理するためにイアソンに最大の権力の証を渡したのは事実だが、彼はいくらせっついてもリュカを逮捕しようとはしなかったという。

「儂もほとほと困っておったのだよ。それで、外部から人員を送り込もうと考えた」

「……」

「もしやそなたは、自分の顔が潰されたと思うておるのかもしれないが、決してそんなことはない」

「……承知致しました。無礼な発言、お許しください」

君主に対してそれ以上は何も言えず、ユエルは恭順の意を示して目を伏せた。

王の間を出て長い廊下を歩いていると、聖騎士で同じ隊に所属しているエヴァンという男と偶然顔を合わせた。

「ユエルじゃないか。久しぶりだな。極秘の任務に行っていたと聞いていたが」

「エヴァン」

エヴァンとは同期だった。彼もまたいかにも聖騎士らしく真面目で、それでいて闊達とした一本気(いっぽんぎ)な男だった。

「任務は終わったのか」

「ああ」

「それにしては浮かない顔だな」

「……いや、そんなことはない」

指摘されてユエルは無理に笑ったが、エヴァンはそれを疲れだと受け取ったようだった。

「大変な任務だったのだろう。少しゆっくり休むといい」

「ありがとう。これから家に帰るところだ」

「うむ。……ところで、リュカ王子の件、聞いているか？」

「何だ？」

ユエルはぎくりとしながらも反応した。動揺したところを気取(けど)られぬようにしたつもりだが、エヴァンは気づかない様子だった。

「ここのところずっとお姿をお見かけせぬと思ってな。どうなさったのかと思っていたのだが、どうも北の離宮で蟄居(ちっきょ)をされているらしい」

「……そうなのか」

知らぬ振りをしてそれだけを返す。逮捕されたとはいえ、一般的な囚人のように牢に繋ぐというわけにもいかず、王宮から離れた離宮に閉じ込めたのだろう。いつか考えを改めてくれればいいが、と思う。

幸いにもエヴァンは、ユエルがその件に関わっているとは露ほども思っていないようだ。

(だが、リュカ王子が戻られた時――)

彼はユエルがしてきたこと、どんな目に遭ってきたのかということを知っている。おまけに彼の目の前で辱められたことすらある。彼が王宮に戻ってきたら、ユエルの立場はあやしくなるやもしれない。

「――」

ユエルは目の前のエヴァンを見つめる。聖騎士の面々は、少なからず皆彼のように清廉だ。自分も以前はそうだった。

(俺は変わってしまった。いや、本性を思い知らされたというべきか)

あの街に行かなければ、あの二人に出会わなければ、自分も未だエヴァンのようにいられた。だがそんなことを今更嘆いても仕方がない。リュカ王子はおそらく数年単位で離宮から出てはこられないだろう。それまでに自分の身の振り方を考えればいい。

「――では俺は行く。エヴァン、いずれまた」

「おう!」

彼は片手を上げると、歯切れのいい返事をして去って行った。その足取りには微塵の迷いも感じ取れない。

ユエルはため息をつき、反対の方向へと踵(きびす)を返した。


「任務ご苦労様でした。立派にやりとげたようですね」

「恐れ入ります」

久々に自分の屋敷に戻ると、母は上機嫌で迎えてくれた。

「お父様もお喜びですよ。早く報告して差し上げなさい」

促され、応接間へと足を運ぶ。母の言う通り、ソファに座っていた父はユエルの姿を見ると満面の笑みで迎えてくれた。

「おお、帰ったか、ユエル」

「ただいま戻りました、父上」

「うむ、陛下直々の任務を見事に果たしたそうじゃないか。儂も鼻が高い」

「――――ありがとうございます」

息子が手柄を立てたと無邪気に喜色(きしょく)を浮かべる両親とは裏腹に、ユエルの心は冷めていた。

この人達は、俺があの街で何をしてきたかまるで知らないのだ。

それをすべてぶちまけたら、どんな顔をするのだろう。おそらくは呆れ、罵倒(ばとう)するだろう。

もしかしたら勘当されるやもしれない。いや、それとも、それらすべてに目を瞑り、単に功績を立てたことだけを重要視するのか。

ユエルはその場ですべてを話してしまいたい気持ちに駆られたが、その衝動には蓋をした。

「お前も一人前の聖騎士だ。これからもアルテュールのため、陛下のために励みなさい」

「はい。……では下がらせていただきます」

ユエルは空虚な気分のまま自室に下がる。アスモデウスから出て『日常』に戻ってからというもの、ずっとこんな気分が張りついていた。

あの街に行った当初は、戻りたくてしかたがなかった。だが今はむしろあの猥雑な街のことを懐かしくさえ思っている。

(今頃どうしているだろうか)

リュカ王子の逮捕と移送の後、ろくに言葉も交わせずにユエルもこちらに帰ってきてしまった。だが彼らは王宮関係者にはユエルがここでいかがわしい目に遭っていたなどと一言も言わなかったらしい。

(いったいどういうつもりだ)

ユエルのことをまるで性奴隷にするかのように扱っていたくせに。頭の固い聖騎士を貶め、溜飲を下げるのが目的だったのだろうか。

「――――」

頭を振る。戻ってきてから気がつくとそんなことを考えている。これではいけない。もう彼らのことは忘れなければ。

ユエルは気持ちを切り替えるべく、頭の中から無理やり彼らのことを追い出した。


「……う…っ」

眠りながら呻き声を上げる。これは夢だとわかる夢だ。あたりは薄暗い闇に囲まれていて、手脚はひどく緩慢にしか動かない。身体は生温かな波の中に揺蕩っているような感じがした。ゆらりゆらりとどこかへ運ばれていくような感覚は心地よい。だがその中に異質なものが混ざり始めた。

「は……っ」

ユエルは大きく息をつく。素肌を誰かに触られている感触があった。それは両脚から腰へと這い上り、腕から肩へと繰り返し撫でていく。触れてくる手は四本。

（彼らだ）

夢の中でユエルは咄嗟に感じた。それと同時に、久しぶりに触れられる感触に歓喜のため息が漏れる。これは夢だ。それなら、心のままに振る舞っても構わないだろうか。

「あ、あ！」

大きな節くれ立った指を持つ手が胸の突起を転がした。これはイアソンの手だろうか。じん、とした感覚が胸の先から広がってゆく。この刺激はよく知っていた。そしてもう片方の突起にも新たな快感を与えられる。少し固い、しなやかな指。これは剣を握る手だ。そうチェイスの。

「ああ、はあ……っ」

敏感な乳首を左右同時に虐められ、ユエルは背を仰け反らせる。夢の中で淫らな愛撫を受けながらも、ユエルは目を開けることができなかった。彼らの姿を見たいのに。

（これが好きだろう？）

耳の中に直接注がれるような響きが鼓膜をくすぐる。それだけでユエルは肉体の芯が焦げつきそうなほどに興奮した。

「は、あ、好き、すき……っ」

あの絢爛豪華な街で行われた爛れた行為。それはユエルの内に秘めたものを曝き、引きずり出した。そしてユエルはそれを否応なしに認めさせられたのだ。

（いい子だ）

唇を塞がれ、熱い舌が口の中をまさぐってくる。ユエルは自分の舌を夢中でそれに絡めて吸った。その間にも手は肌の上を滑り、脚の間へと伸びてくる。

「んう、ううんっ……！」

甘く媚びた声が鼻から抜けていった。男の手がユエルの股間のものに絡みつき、優しく卑猥な手つきで扱き立てる。

「は、んぁ、ああ、あ……っ」

下肢から込み上げるたまらない快感は身体中に広がり、ユエルはろくに動けもしない身体を悶えさせた。それだけではない。乳首に濡れたような感触を得て、舐められているのだと知覚する。

「ああっ…！」

舌と指の愛撫がユエルの全身を襲う。目を開けられぬまま身体中を可愛がられて、あられもない喘ぎが唇から漏れた。

「んん、くう、んあぁあ……っ！」

容赦のない絶頂に襲われて腰が浮く。思い切り白蜜を噴き上げて、自らの下腹が濡れるのがわかった。久しぶりの極みにくらくらしそうだった。

ユエルがもっと、とねだると、彼らは執拗に責めてくる。敏感な身体中を覆うねっとりとした愛撫に声を上げ続けた。飽くことなく何度も射精して尻を振りたてる。

そして脚を持ち上げられ、その後孔に熱く固いものが押し当てられた時、ユエルは歓喜のあまり全身を震わせた。

「い、挿れ、て……っ」

望み通り、猛々(たけだけ)しいものが遠慮なしに入って来る。ユエルはあまりの快感に喉を反らし、嬌声を上げるのだった。

「――――っ！」

目を見開き、びくん、と身体が跳ねる。

急激な覚醒に少しの間事態が把握できなかった。が、すぐにここが自分の部屋で、夢を見ていたことを知る。それもひどく淫らな夢を。

全身にしっとりと汗をかいていた。だがそれよりもひどかったのは、自分の下半身の有様だった。眠っていたまま何度も吐精してしまったようで、ひどく濡れている。

ユエルは気怠い身体をベッドの上に起こし、やるせなくため息をついた。みじめな気分だった。

あの街から戻ったとて、自分の身体は元に戻れやしないのだ。こんなにも深い痕跡が身体に刻み込まれている。

「……忘れようなどと無理な話だ」

暗い寝室の中でユエルは独りごちる。

カーテンの隙間から月の光が細く部屋の中に差し込んできていた。


結局またここに来てしまった。

ユエルはあの時と同じように、アスモデウスの街の入り口に立ち、門を見上げている。

本当にまた、ここに来るべきだったのだろうか。ここに来て尚迷っていることにユエルは自嘲した。結局いくら考えたとしても、出す結論は変わらないのに。

――嫌になる。

自分はいつもそうだった。幼い時から周りの環境のせいにして、自分を殺して。

己はそんなに綺麗な人間ではないと思い知ったはずだ。

ユエルは最初にこの街に来た時のようにフードの襟元をぎゅっ、と握ると、不夜城と呼ばれるアスモデウスの街の中に入っていった。

時刻は夕闇が迫り、店が次々と営業を始める頃だった。通りからは客引きや街娼の声が聞こえてくる。

「――お兄さん」

ふと飾り窓から艶冶な声がかけられた。上を向くと、肩を出したドレスを着た女がこちらに笑いかけている。

「一緒に夜を過ごさない？」

ユエルはフードを少し下げ、顔を出した。すると女ははっとしたような顔をして、口元に手を当てる。ユエルは彼女に微笑(ほほえ)んだ。

「すまない。先約がある」

「え……ええ」

彼女は顔を赤らめ、ユエルを見送る。フードを被り直し、街の奥へと進んだ。ここからでも建物の一部が見て取れる。目指すはこの街最大の娼館、『フレイヤの涙』だ。

目的の建物の前に着くと、正面玄関から客達が吸い込まれるように入っていっていた。

（あの時もここから入っていったっけ）

打開策が欲しくて、一度は逃げ出したものの、彼らのところに戻っていった時だ。

「結局ここに戻ってきてしまうんだな」

ユエルは独りごちる。だが、今は妙に清々(せいせい)とした気分だった。そして玄関に続く階段を上がろうと足をかけた時。

「――あれっ⁉」

聞き覚えのある声が耳に飛び込んできて、ユエルはそちらの方に顔を向けた。

「……何でいるんだよ、ここに？」

「ユエル…？」

そこにいたのはイアソンとチェイスだった。彼らの姿を認め、ユエルはぽかんとして彼らを見る。だが彼らも同じような表情でこちらを見ていた。

「……お前は何をしている」

「いや、俺らはこれからユエルのこと攫いに行くところだったんだけど」

「は？」

首を傾げると、イアソンが困ったように告げる。

「お前がなかなか戻ってこないから、いっそこちらから出て行って連れて帰るつもりでいたんだよ」

「……？」

何を言っているのだろう。そんなことが本気でできると思っているのだろうか。

「正気か？　聖騎士を誘拐などと」

「まあ、この街の中に連れ込んでしまえばなんとかなるだろう。ある種治外法権だしな」

そうだった。この街の中ではアルテュールの法律は通用しない場合が多い。リュカが逮捕されたのは彼が王族だからだ。

衛士達も好き好んでこの街の中までは来ないだろう。それにしたって、彼らはだいそれたことを平然と口に出すものだ。

「……今日来てよかった」

アスモデウスでは罪を免れる（まぬが）とは言え、彼らにむやみやたらと犯罪行為を行わせたくない。

「遅くなったことは悪かったと思っている」

「てことは、もう吹っ切れたのか？」

「多分」

ここまで来て今更ためらうなどということはしたくなかった。だがいざ口に出してみると、鼓動が速まってしまう。

イアソンとチェイスは一瞬顔を見合わせると、ユエルの腕を掴んだ。

「来い」

腕を引かれ、彼らの娼館とは反対のほうへ連れて行かれる。

「ど…どこへ⁉」

思わず問いかけても、彼らは教えてはくれなかった。

連れて来られたのは『フレイヤの涙』から少し離れた区画にある建物だった。

「少し特殊な連れ込み宿として使ってたんだけどな。向こうはけっこう人の出入りが激しいだろう？　だから今はごくプライベートな場所として使ってる」

こぢんまりとした二階建ての宿は、今は営業はしていないらしく人の気配がなかった。通された部屋は二階の奥の部屋で、大きなベッドがひとつと簡素な棚と引き出しがあるだけだった。リネンは清潔さを保っている。テーブルの上には酒瓶とグラスがいくつか置いてあって、そこだけが生活感を醸（かも）し出していた。

「ひとつ確認しておきたいんだが」

イアソンはユエルを振り返り言った。

「俺達のところに戻ってきた、ってことで本当にいいんだな？」

「……いい」

こくりと、だがはっきりと頷く。

「正直迷った。何度あのまま忘れて、元の生活に戻ろうと考えたかわからない。……けれど、できないんだ。俺はもう、以前の俺には戻れない」

「ユエルは変わったわけじゃねえよ。本当の自分てやつに気づいたんだ」

チェイスの言葉にも頷いた。

「そうかもしれない。気づいたんだ。俺の中に、ああいう……ことを、悦ぶ自分がいるっていうことを」

彼らの前で告白をすると顔が熱くなる。これも久しぶりの感覚だ。身体の中がとろりと濡れていくようだった。

「もう見て見ぬ振りをして生きていくことはできない。だから、そちらにも責任がある」

ユエルの言葉に彼らは肩を竦めて苦笑する。どこか嬉しそうに見えたのはこちらの都合のいい考えだろうか。

「可愛いこと言っちゃって」

「そうだな。こちらにも大いに責任がある。それは取らせてもらうことにしよう」

二人が近づいてきた。

イアソンがユエルのマントを外し、床に落とす。チェイスには剣が収められているベルトを外されてテーブルの上に置かれた。ユエルはそれら一連の行動を従順に受け入れる。

「お前のその発情した表情……、たまらないよ」

イアソンの指で顎を捕らえられ、唇に柔らかく口づけられた。口の端や頬にいくつもキスを落とされると吐息がはあ、はあと乱れてくる。触れられ、口づけされることが嬉しくて、ついもっとして欲しいとねだってしまいたくなる。

チェイスにも同じように口づけられた時、潤みきった瞳から耐えきれずぽろりと涙が零れた。

それを舌先で辿られてキスをされる。自分の涙の味はほんの少し塩辛かった。

「めちゃくちゃにしたくなる。なあ、旦那、そうだろ？」

チェイスは自分の獰猛さを隠すことをしなかった。イアソンがそうだな、と同意するのを聞いて、ユエルはめちゃくちゃにされる自分を想像する。

「期待しているのか、可愛いな」

イアソンに軽く頬を揉まれて羞恥に目を伏せた。自分の欲求を認めても、恥ずかしさは捨てられない。

「ユエルが本当に俺達に犯されたいって思ってるのか確かめないとな」

チェイスは立ったまま自分の下肢の衣服を寛げ、その中から男根を引きずり出した。血管を浮き上がらせ、天を向く猛々しいものを目にしてしまい、足から力が抜けていく。

「……っ」

ユエルはかくん、と膝を折り、床にへたりこんでしまった。するとチェイスのものが目の前に差し出される。震える手をそれに添え、口を開けて先端から咥え込んだ。

「んんう……」

「いい子だ」

口淫をするのはあまり慣れていないが、喉の奥まで頬張ろうと努力する。ゆっくりと頭を動かすと、チェイスのもので敏感な口の中の粘膜を擦られ、身体が熱くなった。頭がぼうっとしてくる。

「俺のも面倒見てくれないか？　ユエル」

横からイアソンの男根も突き出された。ごつごつとした雄の形。勢いよく反り返るそれにそっと指を絡めて上下する。頃合いを見計らってチェイスのものから口を離し、イアソンのものを口に咥えた。喉を突く偉容に身体が痺れそうになる。

「贅沢だな」

一人で二本の男根をしゃぶっていることを言っているのだ。ユエルは口元が濡れるのも構わず、男達のものに交互に奉仕する。下肢の奥が疼いてきて、自分も感じているのがわかった。

「口を開けて、舌を突き出せ」

イアソンの命令に従うと、出された舌に彼らが同時に先端を押しつけてきた。好き勝手に擦られるのに思わず甘く呻く。

「ん、う、ふあ…あっ」

「ああ出そう。この中に出すからな」

「ちゃんと受け止めろよ」

彼らの声にこくこくと頷いた。そしてすぐに舌の上に二人分の精が叩きつけられる。溢れて口の端から白濁が伝い落ちた。

「んはぁあ……っ」

舌の上に広がる苦みと青臭さにむせかえりそうになりながらユエルはそれらを飲み下す。あまりの興奮に目尻に涙が浮かんだ。

「は、は…ぁ…っ」

「よくできたな」

「よかったぞ」

イアソンの手が、チェイスの指が頭を撫で、耳たぶに触れてくる。褒められたことが嬉しくてならなかった。

「たっぷりお返ししてやらねえとな」

「意識が飛ぶくらいに気持ちよくしてやろう」

濡れた口元を指先で拭いながら彼らが言う。その言葉だけで、ユエルはどうしようもなく昂ぶってしまうのだ。


「あ、ふ…あ、ああっ…！」

身体中を快感が駆け抜ける。裸に剥かれてベッドに組み敷かれ、ユエルは男達に二人がかりで愛撫を受けていた。左右の乳首をそれぞれに執拗に舌で転がされ、膨らんだ突起が精一杯の快楽を訴える。

「そ、そこ…ぉ、そん、なにっ……」

舌先で転がされる毎に、全身にびりびりと快感が走った。敏感な乳首は優しくも容赦のない愛撫に固く尖り、もう二度ほどそこだけで達してしまっている。

「ここが好きだろう?」

イアソンが軽く歯を立ててきた。鋭い刺激が片方の乳首から貫いて、ユエルはびくりと背を反らせる。

「ん、ふあっあっ！　あ、あ…っ、す、好きっ……」

感じる突起を責められるのは好きだった。甘苦しい快感に責め苛まれ、肉体の芯ごと弾かれるような感じがする。ユエルは瞳を潤ませ、恍惚として卑猥な言葉を紡いだ。

「しかしエロくなったなあ。ご褒美だ」

チェイスにもう片方の乳首を吸われ、強く弱くねぶられる。強烈な快感に下肢がびくびくと跳ねた。

「あっ、んあっああっ、き、気持ち、いぃ……っ」

素直に感じていることを表すと、また腰の奥から熱が込み上げてくる。達してしまう。また。

「あ…あっあっあっ！　い、く、乳首が…っ、イ、くうぅう……っ！」

絶頂に悶える身体を押さえつけられる。脚の間でそそり立つ肉茎から白蜜が三度弾けた。

そこはまだ触れられていないのに、乳首だけの極みで吐精し、ぐっしょりと濡れている。双丘の奥の窄まりはひっきりなしに収縮していた。

「赤く腫れちまったな」

ようやく口を離された胸の突起は膨らみ、じんじんと脈打っている。

「ここはそのうちもっと敏感な場所になるだろう。けれどもうそろそろ他のところも可愛がってやらないと不公平か？」

「そりゃあまずい。何事も公平にいかねえとな。旦那と俺みたいに」

「お前を雇ってるのは俺だろうが」

「ビジネスの話じゃねえよ。こいつに関しちゃフェアに行こうぜって話したはずだ」

「まあ、違いないな」

彼らの間でユエルに関する取り決めが何やらなされていたようだった。二人の会話を蕩けた頭で聞きながら、どうされても構わないと思う。

「こいつに吊そうか」

イアソンが見上げたのは天井からぶら下がっている皮の枷（かせ）だった。この建物も本来であればこの街にふさわしい用途のものであり、こういったものがあるのも当たり前なのだ。

ユエルは力の入らない身体を起こされ、両手に枷を嵌められて膝立ちの状態でベッドの上に吊される。

「こんなふうに抵抗できない状態ってのも興奮すんなあ」

「前と後ろを同時に責める。どっちがいい？」

「んじゃあ、前で」

そんな会話が交わされ、ユエルの背後にイアソンが、前にチェイスが来た。

「今度は俺がしゃぶってやるな」

チェイスは身をかがめると、ユエルの股間の屹立を舌先でぞろりと舐め上げる。

「う、ああ……っ」

それまで放っておかれたものにようやっと刺激を与えられて、ユエルは腰を震わせて喘いだ。

口に含まれ、ぬるりとした舌に絡みつかれて快感が腰を貫く。

「ひ、あ、ああ……っ」

「ん…？　我慢しないで出していいぜ」

「あ、駄目、だ、も、もう、すぐイく……っ！」

弱い場所への口淫に耐えられず、ユエルは全身をぶるぶると震わせて達した。チェイスの口の中に愛液が迸る。

「は、さすがに少し薄いな」

「あっ、あっ……！」

後始末をされるようにあちこちに舌を這わされるのがくすぐったい。ユエルが髪を振り乱すようにして悶えていると、背後からふいに双丘が押し広げられた。

「んあぁっ…！」

ひくひくと蠢く後孔に、ぴちゃり、と舌が押しつけられる。イアソンがユエルの後孔を舐め上げているのだ。

「どうしたんだ。こんなにひくひくさせて。もう挿れて欲しいのか？」

「〜っ、あ、あぁぁあ……っ」

尖らせた舌先で突かれ、中へ挿れろと催促される。唾液を押し込まれるようにされると足先まで甘く痺れた。下腹の奥がじくじくと疼いて正気を失いそうになる。

そして前方にはチェイスがいて達したばかりのものをまた口淫してくるからたまらない。先端を舌先で弾かれて吊られた身体を大きく仰け反らせた。

「んんぁっ、ああっ、ま、前と、後ろ、一緒、は……っ」

耐えられない。快感が強すぎて身体が無意識に逃げを打とうにも、両手を一纏めに吊されているのでどこにも逃げられない。シーツについた両膝ががくがくと震えっぱなしだった。

「あっ、あぁっ、あああっ」

ユエルが悲鳴のような嬌声を上げる。イアソンがユエルの後孔から舌を離し、代わりに指を挿入してきたのだ。待ち望んでいた媚肉がいっせいにざわつき、イアソンの指を締め上げる。

「こら、そんなに食いつくな」

「んんあぁぁあ……っ」

ユエルは全身を悶えさせながら達した。下半身から卑猥な音がひっきりなしに響いている。肉茎を吸われ、内壁を擦られて、快感が波のように押し寄せてきた。

「うああっ、あっ、あ――……っ！」

続けざまの絶頂に頭が沸騰しそうだった。けれどやめて欲しくもない。このまま理性が砕け散るまで嬲り抜いて欲しかった。何をされてもいい。

けれどユエルは、そう思ったことを少しだけ後悔することになる。

腕の拘束がふいになくなり、両腕が自由になる。がくりと体勢を崩してしまい、慌てて前にいるチェイスにしがみついた。

「あ……っ」

「よしよし、いい子だ」

「今からお前の大好きなものを挿れてやる」

背後から脚を持ち上げられ、イアソンとチェイスによって身体を支えられた。開かされた双丘の窄まりに熱く固いものが押し当てられる。イアソンのものだ。

（挿れられる）

そう思っていると、肉環をぬぐ、とこじ開けられて圧倒的な質量のものが押し這入って来た。

「うあ、あ、あぁぁあ…っ」

舌と指でさんざん感じさせられた肉洞は柔らかく蕩け、イアソンのものを嬉しそうに呑み込んでいく。

「あ、あああ…っ、い、い……っ」

「よしよし。気持ちいいか？　よかったな」

「んん、んんっ…」

後ろからイアソンに突き上げられる快感に喘ぐ唇をチェイスに塞がれる。彼の舌はユエルの蜜の味がした。そのいやらしい味わいに更に昂ぶってしまう。

「んっあっ、ああっ、ああ……っ！」

蕩けた内壁を凶悪な男根が擦っていき、躾けられた肉洞が快感にわななないて、ユエルはあられもない声で喘いだ。

「あ、ああ、あっ、おく、まで、来てるっ……！」

「そら、お前の好きなところだ」

最奥にある壁にイアソンの先端が当たってぬちぬちと捏ねられる。それが途方もなく気持ちがいいのだ。さんざん舐めしゃぶられ、吸われた肉茎もまた勃ち上がって先端を潤ませている。

どこまでも貪欲な身体は彼らによって拓かれたものだ。

だが、イアソンの抽送がふいに止み、その逞しいものは内部から唐突に引き抜かれてしまう。

「えっ……、あっ、んっ！」

内壁が出て行かないでくれと収縮する。突然取り上げられ、ユエルはどうしたらいいのかわからなかった。どうして、と下肢をくねらせる。いつものように、イくまで突き上げて欲しいのに。

「な、何故っ…！　え、あ、ああっ！」

その時、ユエルを前方から抱き留めていたチェイスが突然自身のものをユエルの後孔に押し当ててきた。そのままずぶずぶと突き入れられ、その衝撃に悲鳴を上げる。

「あ、あ――…」

「ほら、しっかり味わえよ…っ」

息をつく間も与えられずにチェイスの抽送が始まった。欲しがっていたユエルの内壁は新しく与えられた男根に嬉しそうに絡みつきその形を確かめるように味わう。媚肉を押し広げるようにして進んでくるものがもたらす快感にユエルはたちまち屈服した。

「ん、ふあ、あ…あっ、ああ、い、いい…っ」

我慢できずに自ら腰を振ってしまう。ユエルの身体は前後から二人の男に支えられ宙に浮いている状態で、不安定に投げ出された脚の爪先が快楽のあまりすべて開ききって震えていた。

「可愛いな」

「ん…うんっ、んっあっ」

後ろでユエルを支えているイアソンはユエルの背中に口づけたり、うなじに舌を這わせたりしている。そんな愛撫にもいちいち感じてしまって、全身が気持ちいいと訴えていた。

「ああ…っ、そ、こ…っ」

奥の壁に当てられると仰け反って喘いでしまう。このままイかせて欲しい。そう思った時、チェイスのものが内部から引き抜かれる気配がした。

「ああっ何故っ…！　どうし、てっ」

どうして出て行ってしまうのか。まだ互いに達していないと言うのに。だがユエルの懊悩もよそに、今度はまた背後のイアソンのものが挿入された。

「んあぁぁあ」

三度入り口をこじ開けられ、身体中がぞくぞくとわななく。けれどイアソンはある程度ユエルの中をかき回すとまた出て行ってしまった。そしてチェイスが代わりに挿入してくる。そんなことが何度か繰り返され、ユエルはひいひいと啜り泣いてしまった。どちらでもいいから最後までして欲しい。奥にぶち当ててイかせて欲しいのに。

「あ、ひ…っ、あ、あっ、も、もう嫌だっ…、途中で、抜かないでくれっ……、ちゃんと、最後まで、して…っ！」

「どっちにして欲しい？」

背後からイアソンが囁く。

「ど、どっちも、二人とも、中で出して…っ」

これまでどちらもユエルの中にたっぷりと欲を注いでいたではないか。だから今度もそうして欲しいのに。それとも、これも何かのお仕置きなのだろうか。

「俺ら二人とも中に出して欲しいんだ？」

「……っ」

ユエルは何度も頷いた。思考はぐちゃぐちゃで、理性などもうないに等しい。ただ彼らと一緒に燃え上がって、溶け合ってしまいたかった。三人でひとつになりたかった。

そんなユエルの意志を汲んだように、もう一人がユエルの後孔に自身の先端を捻じ込ませてきた。先に入っているものと同じ場所に。

「ん、あ……っ！」

ぐぐっ、と、これまでとは比べ物にならない圧力がそこにかかる。それと同時に凄まじい快感が押し寄せてきて、ユエルはひとたまりもなく達してしまった。

「あ、ひ、――――～っ」

「あー、やっぱりイっちまったか」

「構わないさ。どうせこの後はイきっぱなしになるんだ」

彼らが何か言っている。けれどその内容を理解することはできなかった。二本の男根が肉洞の中をぎちぎちと貫き、いっぱいにする。

「うあ、ア、あ、あぁあ――――…っ」

また、下腹につくほどに反り返っていたものから白蜜が噴き上がった。彼らが互いのものをすべてユエルの中に収めてしまった時、ユエルはひくひくと身体を震わせていた。

「お前は本当にたいした奴だよ、ユエル」

「まじで離してやれないかもな」

「あ……あ……っ」

あまりのことに、ユエルは何も答えられなかった。

体内にいっぱいに咥え込んだ二人の男の雄。どくどくという彼らの脈動がユエルの中に溶け込んでくる。

「そら、奥を緩めろ」

「うう、あぁ……っ！」

ずん、と緩く突かれただけでも身体がぐずぐずに熔けそうな快感が込み上げてきた。この後、きっと自分は駄目になる。淫らな予感がユエルをよけいに昂ぶらせた。

「あぁあぁ」

抽送が始まり、男達は息を合わせてユエルの中を突き上げてくる。その度にびりびりとした快感が貫き、腹の中が煮えるように熱くなった。脳天まで突き抜けるような愉悦。

「ああ、い…く、イくうぅ……っ！」

イアソンが予告した通り、ユエルは立て続けに絶頂に達した。昇ったまま降りてこられない

ような極みは甘く辛く、苦しくてそして最高に幸福だった。男達に交互に最奥の壁を叩かれ、あるいは捏ねられて頭の中が真っ白になる。もうこの快楽を追うこと以外何も考えられない。

「ユエル、奥に出すぞっ……」

イアソンがめずらしく余裕のない声を出した。ユエルは腕を回して彼を振り返り、不自由な体勢で夢中で口を吸う。

「二人分、一度に注いでやるからな」

チェイスも限界が近いようだった。ユエルは常の取り澄ました表情をかなぐり捨て、快楽に惚けた表情で出して、出して、とねだる。

そして何度かの突き上げの後、彼らのものがずうん、と最奥にぶち当てられた。

「――――っ、あああぁぁぁあ……っ！」

めいっぱい仰け反った身体が二人の男の間でびくびくとわななく。強烈な絶頂のために内壁がきつく締めつけられ、ユエルを犯しているものを道連れにした。

体内の一番深いところに叩きつけられる雄の飛沫。それらは媚肉を濡らし、中を満たしていった。

「んあ、ア、くあぁぁあ……っ」

連なる極みにまた喘いで、ユエルは白い闇の中に放り出される。長い長い余韻の後、力を失った身体は無防備に男達の腕の中に沈んでいくのだった。

ちゃぷ、ちゃぷという音が聞こえて、ユエルはゆっくりと目を覚ました。

身体はあたたかな湯に浸かっている。

「目ぇ覚めたか?」

背後から聞こえるのはチェイスの声だ。ユエルを後ろから抱き抱えるようにして座っている。

そこでようやく、自分達は風呂に入っているのだと気づいた。

「……」

まだうまく働かない頭でぼんやりと前を見ると、目の前にいるイアソンがユエルの腕を取り、柔らかい布で身体を洗ってくれていた。

「まだ惚けているみたいだな」

「……あ」

そこでようやく頭の中の霧が晴れたように思考力が戻ってきて辺りを見回す。

「……ここは?」

「さっきまでヤっていたとこの風呂場だよ」

「お前、俺らがイった途端気絶しちまって、ぜんぜん目を覚まさなかったからなあ」

彼らの言葉で状況が把握できた。あまりに激しい交歓の後、意識を失ってしまった自分は、彼らに風呂場に連れて行かれ、眠ったまま身体を洗われていたということだ。

「……すまない。手間をかけさせた」

「なに、お安い御用だ」

イアソンがくすりと笑う。なんだか気恥ずかしい思いだが、妙に安心する気持ちもあった。ここに来る前までは知らなかった感情だ。

「で？　お前は俺達のものになるってことでいいの？」

背後からチェイスがユエルの肩に顎を載せて言う。

「いいよ」

あっさりと肯定すると、彼らが驚いたような気配がした。

「マジかよ」

「最初からそのつもりじゃなかったのか？　それとも、生意気な聖騎士の鼻っ柱をへし折ってやりたいだけだった？」

「最初はまあ、そういう気持ちがなかったわけではないが……」

イアソンが苦笑しながら答えた。

「それだけだったらもっと他の方法をとるし、俺達自身が手を下すってこともしなかったと思う」

「こういう街にいると、逆に自分がヤりたい対象ってそんなになくなるんだよ」

「そういうものか……」

　ユエルにもよくわからないが、イアソンはチェイスの言葉に同意したようだった。

「だからお前を前にした時は感動すら覚えたよ。これほどまでに情欲をかき立てられた対象は初めてだ、ってな」

　そこまであからさまに言われると気恥ずかしくなってしまう。ユエルが肩を竦ませると、チェイスが耳元に口づけてきた。

「ここまでズブズブにヤられてんのに、未だに恥ずかしがるところも可愛い。けっこう大事だぜ、そういうの」

「知るか…っ」

　わざとしているわけではない。けれど否定すると前後から優しく口づけられて、結局気持ちがよくて目を伏せてしまった。だが、ふと思ったことがあって、ユエルは少しの努力をして目を開ける。

「――――そう言えば、『女神の蜜華』はもうこの街では流通しないということか?」

「急に我に返るじゃん」

　ムードをぶった切ってしまった感はあるが、これはどうしても聞いておきたいことだった。一応任務を受けた以上はその後のことは気になる。

「――――そうだな」

これについてはイアソンが口を開いた。

「供給ルートがバレて、お上の手が入った以上、一時的には断たれると思う。だが、あれはちょっとしたヒット商品だ。また誰かが新しいルートを見つけてくるかもしれないし、似たようなものが作られるかもしれない」

ここはそういう街だ、と彼は言った。

「そうか……」

あれだけの思いをしたのに、すっぱりと根元から断つことはできないということに思うところはあった。だがあの任務は王がリュカ王子を連れ戻したいということが本命だったような気がするから、しかたがないのだろう。当のリュカ王子が流通ルートを作っていたというのは皮肉でしかないが。

「まあ、そこらへんは俺達が目を光らせている。あまり人道にもとらないように管理していくさ。それでいいだろう?」

このあたりが手打ちだ、と諭されて、ユエルは頷く。どのみち、ユエルがこれまで妄信してきた常識とこの街の常識は違う。それに、自分はもう決めてしまったのだ。

「俺達がさ、お前をこの街一番の華にしてやるよ」

「また……、ショーに出されたりするのか?」

気は進まないが、彼らがどうしてもと言うのなら出てもいい、と思っていた。実際に犯されたりするのは遠慮したいが――――。ここまで思うようになったのも、この街に染まったせいでもあると思う。彼らは素質があると言っていたが。

「いや、今のところそのつもりはないが」

「そうなのか？」

「なんか出たいって顔じゃん」

「そんなわけないだろう」

チェイスの言葉に否定を返す。不特定多数の相手をしたいわけではないのだ。素面（しらふ）の今だと遠慮したい気持ちのほうが大きい。だがあの時の被虐（ひぎゃく）の快楽と興奮を思い出してしまうとはっきり嫌だとは言えなくて後の言葉が継げずにいた、すると「可愛いな」などと頭や顔を撫でられてしまう。きっと、彼らにもわかっているのだろう。ユエルを躾けた彼らならば。

「心配しなくとも、お前の好きなことをしてやる」

イアソンが両手で頬を包む。

「お前は俺達から離れられないと思っているかもしれないが、逆だ。俺達のほうがお前に捕らわれてしまったんだ。だから尽くすのは俺達のほうだよ」

思ってもみなかったことを言われてしまって、ユエルは瞠目した。チェイスも同感だ、とでも言いたげに後ろから強く抱きしめてくる。

「――イアソン、チェイス……っ」

ユエルは自分を虜（とりこ）にした男達の名を口にする。

それが今の言葉に対する答えだった。

「────お待ちなさいユエル！」

屋敷内に母の狼狽えたような声が響く。公爵邸のホールまで来たところでユエルは立ち止まって振り返った。見上げると、階段の手摺りに掴まるようにして母が立っていた。

「ユエル、どういう……、どういうことなの。出て行くって……」

「そのままの意味です。私はこの家を出て行きます。おそらく、もう帰らないと思います。母上もお元気で」

「馬鹿なことをおっしゃい‼」

母の金切り声がホールに響く。その声を聞きつけたのか、父と長兄が出てきた。

「いったいどういうことなんだ、ユエル」

「陛下には聖騎士団除隊の許可をいただきました。父上もどうぞ私のことはお忘れください。私がおらずとも、兄上達が立派に務めを果たしてくださるでしょう」

王はユエルの除隊を認めるだろうとは思っていた。リュカ王子の件が表に漏れることはなるべく避けたいはずだ。その秘密を知るユエルが王宮からいなくなるのは、むしろ都合がいいはずだ。

予想通り、王は意外とあっさりとユエルの望みを許諾してくれた。王が認めれば、公爵である父も従わざるを得ない。

「そんな、勝手な……、許しませんよ！」

「母上、私はもう大人です。あなたの許しをもらわずとも、私は選ぶことができる」

これまで、自分にこんなことができるなんて思ってもみなかった。何もかも捨て去る。それはなんと爽快なことか。

「わかっているのか。一度出て行けば、二度とこの家に戻ることは許さんぞ」

「わかっております」

父の言葉にユエルは静かに頷く。父の背後でこちらを呆気にとられたように見つめている兄の姿が目に入った。彼もまた、好きなように生きていくのだろう。裏の顔を持つ兄の生き方を責めることはできない。ユエルもまた同じようなものだ。今回の件でユエルが知ったのは、人はそれほど立派には生きていけないということだ。

荷物は何も持たない。ただ腰に佩いた剣のみ。

これからは聖騎士ではない。自分と大切なもののために剣を振るう。

「では、どうぞお元気で。私のことはどうぞお忘れください」

家族に背を向けた時、ユエル、という母の声が聞こえてきた。それに一瞬だけ目を瞑ると、ユエルは両手で屋敷のドアを開ける。

「――――」

正面から陽の光が差し込んできて、眩しさに目を細める。皮肉なものだ。これから自分が向かうのは夜の街だというのに。

ユエルを追ってくる者は誰もいなかった。もっと寂しさを感じるかとも思ったが、いつもと変わらない気持ちだった。もともと自分はあの家で独りだったのだと思う。

公爵邸の敷地を出たところで、誰かが待っているのが見えた。

「よう。お疲れ」

街路樹の下にイアソンとチェイスが立っていた。片手を上げるチェイスにユエルは小さく首を傾げる。

「どうしたんだ、こんなところで？」

「迎えに来たんだよ」

小さく笑いながら告げるイアソンに、ユエルはきょとんとした顔をした。

「旦那は心配だったんだよ。また帰って来ないいんじゃないかって思って」

「よけいなことを言うな」

「いてっ」

イアソンに後頭部をはたかれたチェイスは盛大に顔を顰めてみせる。その様子に、ユエルもつい笑いを漏らしてしまった。

「聖騎士団もやめてきたし、家族にも出て行くと言って出てきてしまった。これで戻らなかったら俺は本当に根無し草になってしまうな」

「根無し草かもしれんぞ」

ふと、真剣な目をしてイアソンが言う。ユエルはその瞳を見つめ返して、ふわりと笑んだ。

「構わない。三人一緒に流れていくのなら」

そう言うと彼は虚を突かれたようにユエルを見たが、やがてどこか嬉しそうな、笑みとも違う表情を浮かべる。

「じゃあ、まあ帰ろうか」

空気を変えるのは、いつだってチェイスだった。

ユエルは彼らと足並みを揃えて、あの街へと戻っていくのだった。

噂の用心棒

歓楽街『アスモデウス』に黄昏（たそがれ）が訪れると、店先に次々と明かりが灯り始める。街の入り口にある大きな門が開かれ、そこから客達が訪れる。彼らはその日の気分によって行く店を決め、それぞれの欲望を満たすのだ。

この街で一際大きな規模を持つ『フレイヤの涙』は娼館と酒場などが一体となった複合施設である。

そして最近この『フレイヤの涙』に関する噂が『アスモデウス』の中に流れていた。

ここにはもともとえらく腕の立つ用心棒がいたが、最近もう一人加わったそうなのだ。いつも目深にフードを被っているのでその顔はよく見えないが、ちらりと見えたそれはいたく美しいと。

「なあ、おい、どうしてくれんだよ」

「そう言われましても……」

『フレイヤの涙』の酒場で、一人の男がバーテンダーに難癖をつけていた。男は大柄で屈強な体格をしていて、そんな男が怒りで顔を真っ赤にしながらバーテンダーにくってかかっている様子は荒事に慣れていない者だったらちょっと近寄りたくない場面だった。

「ウェイトレスの子はお酒を運ぶだけで、お部屋に連れて行くことはできません。そういう決まりになっているんです」

「ああ？　知るかよそんなもん。俺はあの子が気にいったんだ。いいだろ、金は払う」

「そうおっしゃられても……」

バーテンダーは背後をちらりと見た。そこにはこんな酒場にはまだ物慣れないような若い女性が泣きそうな顔で立っていた。彼女はバーテンダーの視線を受けるとふるふると首を振る。

「そういった作法も、技術も教えておりませんし」

「なあに構わねえ。むしろ初々しくていい。俺がイチから教えてやる」

バーテンダーはため息をついた。それから彼は、今度は女性とは違う方へと視線を運ぶのだった。

「なんか面倒くせえことになってんな」

部屋の隅に二人の男が立っていた。一人はあちこち毛先が跳ねた金髪で、もう一人はフードを目深に被っているので顔がよくわからない。けれどそこから出た鼻先と口元で、彼がひどく端整な顔立ちをしているというのは判別できた。

「イアソンは？」

「今ちょっと寄り合いに行ってていないんだよ」

「そうか……」

ユエルはため息をついた。

「なんとかしてやらないとかわいそうだ」

「しょうがねえ、ちょっと行ってくるか」

「チェイス」

動こうとした男の腕をユエルがそっと掴む。

「いい。俺が行く」

「は？　マジか。できんのか」

「俺だって用心棒なんだから、あれくらいは対処できる」

ユエルはチェイスの横を通り過ぎ、騒ぎの中心となっている場所へ足を踏み出した。チェイスはそれを肩を竦めながら見送る。

「――すまない、ちょっといいか」

「あ？　なんだてめえは」

ユエルが大声を出している男の肩に手をかけると、男は乱暴な仕草で振り返った。そこに立っているユエルを見て、ちょっと驚いたような顔をする。バーテンダーはあからさまにホッとしたような顔をした。

「そこの彼女は部屋に連れていくことができない。夜を過ごす相手が欲しいならここいらにはいくらでもそういった役目の者がいる。それと、あまり騒いでもらっては他の客に迷惑だ」

「……なんだと？」

男はユエルの姿を上から下までじろじろと眺め回す。そして次に、片手を上げてユエルのフードを勢いよく払った。

「客と話してんのになんなもん被ってんじゃねえ！　失礼だろうが！」

バサ、と小さな音がして、そこから黒い毛先が躍るのが見える。現れた白い貌（かお）を目にした男はハッと息を呑んだ。酒場のそこかしこから小さなざわめきが起こる。

「おい、あれだろ。新しい用心棒って」

「ああ、なんであんな上玉が用心棒なんか…」

「なんでもここの主人の愛人だって話だぜ」

「シッ、そいつをあんまりでかい声で言うと出禁になるって噂だぞ」

　そんな会話を背後にしながら、男はぽかんとしてユエルを見つめた。その他の客と同じく、どうしてこんな男がここにいるのだと思っている。こんな場所ならば、用心棒として酒場に立っているよりも、娼館のベッドで客を迎えていたほうがよほどふさわしいという姿形だったからだ。

「納得してもらえたか」

「あ…、ああ、いや」

　ユエルに問われ、男は夢から覚めたような顔をする。だがそれもすぐに質（たち）の悪い笑みへと変わっていった。

「そんなに言うならよ。あんたが相手してくれよ」

「何？」

「そっちの女の代わりに、お前が脚開けって言ってんだよ！」

　男の腕が伸びて、ユエルの身体に触れる。そのはずだった。しかしその寸前で男の手は空を掻く。次の瞬間、男は自分でもわからないうちに床に転がっていた。

「お…っ、ぐわっ！」

　鳩尾（みぞおち）に剣の柄が強く押し当てられる。その時になってようやく男は自分が足払いをかけられて仰向けに倒れたのだと知った。すべてが一瞬のことだった。

「怪我をしないうちにとっとと出て行け」

ユエルは男を冷めた目で見下ろした。ぶんぶんと何度も頷く男の顔を見て剣の柄を退けてやると、男はひっくり返った蛙のような動作をしてから起き上がり、這々の体で店から出て行った。

「あ、ありがとうございますユエルさん」

「いや」

「あの、私も……、ありがとうございました」

バーテンダーと一緒に、絡まれていた女性が礼を述べる。彼女の頬は紅潮し、きらきらとした瞳でユエルを見つめていた。

やがて店内は何事もなかったかのようにいつものざわめきを取り戻し、平和で自堕落な時間が流れていった。

「報告は聞いたよ」

イアソンは脱いだ上着を椅子の背に放り投げ、シャツの腕を捲りながら告げた。

バックヤードの一室で、ユエルとチェイスは武装を解いている。だがユエルだけがベッドに座っていた。

「お手柄だったそうだな」

「別にあんなことはたいしたことじゃない。ただの酔っ払いだ」

「聖騎士様が、酔っ払いのあしらい方がうまくなって俺としてはなんか複雑な気分だよ」

チェイスの言葉にユエルは曖昧な笑みを浮かべる。

「俺はもう聖騎士じゃない。そんなことは気にしなくていい」

貴族としての身分ごと捨ててきたというのに、自分でも不思議なくらいに未練はなかった。

きっと以前の場所では、ユエルはユエルでいられなかったからだろう。清廉潔白に生きるのは確かに立派なことだが、自身を押し殺して生きるのは気づいてしまえば苦しいものだ。そしてユエルは気づいてしまった。

「俺よりもお前達のほうが後悔しているように見える。最初に俺を捕らえていいようにしたのはそっちなのに」

「まあ――それはな」

イアソンが頭を掻きながら言った。

「責任は感じてるよ。だが、お前がただの貴族で聖騎士様だったのならどうとも思わない。リュカ王子のことも、俺自身の感情で言えばこの街のバランスを脅かさない限りはどうでもよかった」

「ユエルだから、だろ」

チェイスが笑みを浮かべながら続ける。

「そうだ。ユエル、お前だからだ。他でもないお前が俺を引っかき回していった。多少の後ろめたさなんざはクソ食らえだよ。俺達はもうお前を離す気はない。たとえお前が逃げようとも」

「……逃げる？」

ユエルは服のボタンを外した。ひとつひとつそれが外されていくに従って、なめらかな肌が見え隠れする。彼らを惑わせた肌だ。

「こんな印をつけられて――、逃げられるはずがない」

上半身の服がはだけられると、なだらかな胸が露わになった。その胸の頂に、小さく光るものがある。それは乳首につけられた金の環だった。

ユエルはこの街に戻ってきてから間もなく、彼らの手によってこれをつけられた。それは愛奴の証だった。

「つけてやるって約束したからな。モノはいいぞ。この街のどんな娼婦だって、そんな高級品をつけている奴はいない」

別に環の値段などどうでもいい。公爵家に生まれたユエルにとって宝石などめずらしくもなかった。ただ彼らのものであるという証拠がこの身に刻まれたことが特別だった。

ユエルが肌を晒したことが合図になったのか、男達が立ち上がりベッドに近寄ってきた。彼らはユエルの両側にそれぞれ座る。チェイスが指先でその環が嵌められた乳首をつついた。

「…っ」

つきん、とした快感が走る。これを嵌められてから、乳首が更に感じやすくなってしまったような気がする。それは金環をつけられていない乳首も同様だった。

「これつけた時、お前ほんとにエロかったな。派手にイっちまって」

「それは…っ、あんな時に、されたら」

施術はイアソンが受け持ったが、それは性交中に行われた。あまつさえチェイスに挿入されている時だった。身体中が敏感になっている時に乳首に針を通されたにもかかわらず、ユエルはその瞬間に強烈な快感を得て達してしまったのだ。

「お前がそういう被虐の体質だってことは知っていたけどな」

もう片方の環を通されていない乳首をイアソンが弄びながら囁く。お前はマゾだ、とはっきり言われてしまうとユエルはいたたまれなくなった。それでも身体が熱くなってしまうのはその言葉に興奮してしまっているともうわかっているのだが。

「お、乳首尖ってきた」

環の嵌められた突起を指先で転がされ、環に指をひっかけられて軽く引っ張られると痺れるような快感が襲ってくる。

「んあ、ああ…っ」

「今じゃここを弄るとすぐにイってしまう。どんどんいやらしくなるよお前は」

「ん、んっ…ふ」

二人の男に両側から乳首を虐められて、身体の芯がどんどん疼いてくる。下腹の奥がじゅわっ、と熱くなり、弄られているのは乳首なのに下半身に直接的な快感が伝わった。イアソンが言うには、乳首と下肢の神経は繋がっているから、ということらしいが。

「あっ、あ…っ、ま、待て…っ、出る、から…っ」

まだ下半身の衣服は身につけたままだというのに、このままでは吐精してしまう。下着を濡らしてしまうから、と言っているのに、彼らは別の意味で捉えたようだった。

「そうだな。乳首弄られて出すとこ見ていてやるよ」

「んっ、やっ…！」

ベッドに沈められ、下肢の衣服を下着ごと脱がされる。ユエルのものはもう兆して いて、解放されると勢いよく勃ち上がった。先端はもう濡れている。彼らはユエルの両脚を、自分達の足を絡めるようにして左右に大きく開き、固定した。

「あっ、馬鹿…！」

「ほら、イくまで弄るぞ」

両の乳首が指先でくにくにと捏ねられ、時折押し潰すように刺激される。その度にユエルは腰を浮かせ、快楽に悶えるのだった。

「あ、んあっ、あ…あっ、ああっ！」

胸からの快感の熱が股間に降りていく。それはどんどん大きくなって、覚えのある感覚がやってくる。何度も味わわされた絶頂だ。

「ふあ、あ、あっ、い、く…うっ、イくっ…！」

躾けられた卑猥な言葉を発して、ユエルは背中を仰け反らせた。股間のものの先端から白蜜がびゅく、と噴き上がる。

「ちゃんと出してえらいぞ」

「これは俺らがちゃーんと舐めてやるからな」

「……あ、ああ……っ」

目の前がくらくらする快楽の余韻と興奮。淫らな行為はこの後もきっと長く続くのだろう。

この街の夜はこれからだ。

歓楽街、『アスモデウス』。

悪魔の名を冠した街の夜は快楽に満ちていくのだった。

あとがき

こんにちは。西野花です。「聖淫愛華」を読んでいただきありがとうございました。今回は複数でいくとなってネタをどうしようかと思っていたのですが、定番の(!?)媚薬ものになりました。清廉で高潔な騎士様が墜ちていくのはロマンがあると一万回くらいは思っています。

今回の挿し絵の石田恵美先生、描いてくださりありがとうございました！ キャラデザの段階からイメージぴったりで、特にイアソンにはびっくりしてしまいました。華やかな絵で小説に色を添えてくださり感謝しております。

担当様にもご迷惑をおかけしてしまい申し訳ありませんでした。そしてありがとうございます。

昨今は季節が変わるときには突然がらりと変わってしまうので体調を崩しがちですが、私はさっそく風邪を引いてしまいました。読者の皆様におかれましても体調などお気をつけください。

それではまた次の本でお会いできましたら。

西野花

【Twitter】@hana_nishino

美しく強い
ユエルさんが
ステキでした。
石田惠美

初出一覧

ダリア文庫をお買い上げいただきましてありがとうございます。
この本を読んでのご意見・ご感想・ファンレターをお待ちしております。

〒170-0013 東京都豊島区東池袋3-22-17 東池袋セントラルプレイス5F
(株)フロンティアワークス ダリア編集部
感想係、または「西野 花先生」「石田恵美先生」係

この本のアンケートはコチラ!

https://www.fwinc.jp/daria/enq/
※アクセスの際にはパケット通信料が発生いたします。

聖淫愛華

2023年12月20日 第一刷発行

著 者
西野 花

発行者
辻 政英

発行所
株式会社フロンティアワークス
〒170-0013 東京都豊島区東池袋3-22-17
東池袋セントラルプレイス5F
営業 TEL 03-5957-1030
https://www.fwinc.jp/daria/

印刷所
中央精版印刷株式会社